LA SICILIA DAI BORBONI AI SABAUDI (1860-1900)

NAPOLEONE COLAJANNI

La sera del 1° febbraio 1893 in un vagone di 1a classe nel tratto della ferrovia Termini-Palermo – e precisamente nei tratto Termini-Trabia-Altavilla – venne barbaramente assassinato il commendatore Notabartolo.

Le eccezionali qualità morali dell'uomo – era notissima la sua rettitudine – la sua posizione sociale, le cariche elevate ch'egli aveva occupato; tutto contribuì a far sí che il doloroso avvenimento destasse una profonda impressione nel paese.

Nell'intera Italia e specialmente in Sicilia si levò un grido d'indignazione, che ebbe anche la sua eco in Parlamento con alcune interrogazioni rivolte (dall'on. Di Trabia e da me) al Presidente del Consiglio e ministro dell'Interno del tempo: l'on. Giolitti.

Sin dal primo annunzio dell'assassinio efferato i magistrati, le autorità di pubblica sicurezza e la pubblica opinione su questo furono concordi: era da escludersi il furto come movente del delitto. Le circostanze nelle quali era stato commesso dimostravano una preparazione quale non potevano farla volgari malfattori; nè il furto poteva essere movente proporzionato di un feroce reato, che poteva avere pei suoi autori conseguenze tremende. Si pensò alla vendetta; ed era logico pensarvi perchè la grande severità del Notabartolo nella sua qualità di amministratore della Casa S. Elia e di altre case patrizie e di direttore del Banco di Sicilia aveva potuto riuscire a ferire molti interessi e molte suscettibilità.

Era il tempo dei grandi scandali bancari in seguito alla denunzia da me fatta il 20 dicembre 1892 degli imbrogli colossali della Banca Romana; in Palermo e in tutto il Regno, perciò, ad una voce si mise in rapporto l'assassinio del Notabartolo con criminose responsabilità bancarie di vari uomini politici. Questa spiegazione del delitto trovava credito tanto più facilmente in quanto che si sapeva che l'antico direttore del Banco di Sicilia aveva diretto al ministro di Agricoltura e Commercio del primo ministero Crispi, on. Miceli, un rapporto in cui si denunziavano gl'intrighi e le male arti di alcuni membri del Consiglio di Amministrazione del Banco; e si sapeva del pari che quel rapporto segreto era stato misteriosamente sottratto dal gabinetto del Ministro ed era stato mostrato a Palermo, in una riunione del Consiglio di Amministrazione del Banco, a coloro che vi erano accusati. Poco dopo venne sciolta stoltamente l'amministrazione del Banco di Sicilia e mandato via il Notabartolo, quasi a punizione della corretta e solerte sua gestione, ch'era riuscita a ristorare le sorti del Banco, ridotte a mal partito da una precedente amministrazione.

Le voci sui moventi dell'assassinio, infine, sin dal primo giorno in Palermo assunsero una forma concreta; tutte convergevano nell'additare nel deputato Raffaele Palizzolo il vero mandante, il sapiente organizzatore del delitto. Si riconosceva in lui la capacità a delinquere; lo si sapeva in intime relazione colle classi pregiudicate di Palermo e delle sue campagne; si assicurava inoltre che ad antichi motivi di rancore contro il Notabartolo altri nuovi se n'erano aggiunti e che nel Palizzolo molto potesse la paura di veder ritornare il Notabartolo alla direzione del Banco di Sicilia.

Queste erano le voci che correvano insistenti nel paese sulle cause e sui moventi dell'assassinio Notabartolo. Dal processo di Milano abbiamo appreso che esse erano accettate dalle classi dirigenti, dagli alti e bassi funzionari politici, dai magistrati concordi nell'additare come mandante Raffaele Palizzolo.

Ebbene cosa fecero la polizia e la magistratura per assicurare la scoperta della verità; per accertare se realmente il mandante dell'assassinio fosse Raffaele Palizzolo, per vedere se le loro proprie convinzioni trovassero base incontrastabile nei fatti?

Se si rispondesse in base alle risultanze del processo di Milano, che polizia e magistratura nulla fecero in tale senso, si direbbe una grossa menzogna. Infatti dal suddetto processo è risultato a luce meridiana che polizia, magistratura, autorità altissime di ogni genere prese nel loro insieme tutto fecero per riuscire all'impunità del presunto reo, per deviare la giustizia dalla scoperta della verità!

Né ira di parte, né leggerezza, né spirito di esagerazione entrano in questo severo giudizio, che è quello formulato dalla pubblica opinione con una concordia veramente formidabile, suggerita dalla evidenza dei fatti.

L'evidenza luminosa risulta dal processo di Milano. Esso ci fece conoscere anzitutto che mentre era in tutti la convinzione che il mandante fosse il Palizzolo, nessuno mai osò nonché sottoporlo a processo, nemmeno interrogarlo per averne qualche lume che anche potesse servire a distruggere la sinistra leggenda, che attorno a lui erasi formata. Né è a credere che la immunità parlamentare lo coprisse e lo rendesse sacro ed inviolabile. Si sa che il governo italiano per reati immaginari ha arrestato i deputati repubblicani e socialisti ogni volta, che lo credette a sé conveniente; si sa pure che a sessione chiusa o nell'intervallo tra una legislatura e l'altra il deputato non è garantito dalle immunità parlamentari. Quale Camera, del resto, avrebbe negato l'autorizzazione a procedere contro un suo membro accusato di assassinio per mandato?

La verità è questa: polizia e magistratura, pur essendo convinte che nel Palizzolo era da ricercarsi il punctum saliens del processo, cooperarono efficacemente per metterlo fuori questione; e sarebbero state contente e soddisfatte se tutto fosse terminato con un non luogo a procedere e col mettere un gran pietrone sulla tomba del commendatore Notabartolo.

Non si calunnia attribuendo queste malvage intenzioni alla polizia e alla magistratura. Infatti solamente colla influenza di tale determinata intenzione si spiega il silenzio assoluto e l'inerzia completa e ininterrotta di fronte al Palizzolo; la facilità colla quale si prestò credito all'alibi del Fontana; e la prontezza colla quale furono prosciolti da principio Carollo e Garufi. Polizia e magistratura speravano che il processo fosse chiuso per sempre colla generale assoluzione di tutti gli accusati, colla impunità assicurata agli assassini materiali e al loro mandante, se ce n'era uno.

Se il processo venne riaperto non fu merito né dell'una, né dell'altra; ciò non si deve alla loro iniziativa. Si deve invece alle insistenti denunzie del detenuto Bertolani – denunzie una volta respinte e accolte soltanto quando altri minacciò di farne pubblica propalazione – se il processo dopo tanti anni venne riaperto si deve sopratutto al figlio dell'assassinato, Leopoldo Notabartolo, ed all'avvocato Giuseppe Marchesano, che si sostituirono nella misura del possibile alla polizia ed alla magistratura, e che riuscirono a farlo sottrarre, per legittima suspicione, ai giurati di Palermo, e lo fecero condurre per sentenza della Suprema Corte di Cassazione di Roma innanzi alla Corte di Assise di Milano.

Là, in Milano, finalmente sorge tremenda accusatrice la voce di Leopoldo Notabartolo, che addita senza sottintesi in Raffaele Palizzolo il mandante dell'assassinio del padre; e solo quando la Camera dei Deputati indignata fa sentire la sua voce, che fa eco a quella di lui, i magistrati d'Italia si muovono, e presentano la domanda di autorizzazione a procedere contro il deputato di Palermo, che viene con tumultuaria rapidità concessa senza discussione e conduce allo immediato suo arresto.

Cosí il processo cominciatosi a svolgere in Milano contro ferrovieri – Carollo e Garufi – si allarga e si trasforma in processo contro il deputato Palizzolo e contro la mafia. C'è di piú: il grande dramma individuale conduce al processo contro le istituzioni principali – politiche e giudiziarie, civili e militari – dello Stato. Il dramma giudiziario assurge alle proporzioni di un grande avvenimento politico, le cui conseguenze potranno tardare a maturare; ma non potranno assolutamente mancare.

Dal processo di Milano, a parte tutto ciò che può colpire Carollo o Garufi o Palizzolo, si è appreso con un senso di profondo stupore misto ad indignazione quanto segue:

1) a Palermo c'erano, e sin dai primi giorni, tutti gli elementi che si sono svolti a Milano; molti altri criminosamente furono dispersi o alterati;

2) i magistrati, i quali accennarono ad istruire seriamente il processo, o vennero allontanati da Palermo o vennero dispensati dall'occuparsene;

3) un tenente colonnello dei carabinieri impone o consiglia – si sa il valore di un consiglio dato da un superiore ad un subalterno! – ad un capitano di abbandonare la via sulla quale si era messo nelle ricerche sulle cause e sugli autori dell'assassinio Notabartolo, per seguirne altra che allontanava da Palizzolo.

4) scompaiono alcuni reperti che potevano mettere sulle tracce dei delinquenti; e attorno a tale scomparsa si aggruppano alcuni verbali falsi ed altri verbali veri... che non si trovano piú;

5) si fanno figurare come analfabete alcune persone che sanno leggere e scrivere;

6) depongono il falso, si smentiscono, si contraddicono a vicenda in modo scandalosissimo i questori, i delegati di pubblica sicurezza, gl'ispettori, i carabinieri;

7) prefetti, procuratori generali, commissari civili e militari con autorità vicereale in Sicilia hanno convinzione che sia un grande delinquente; ma non lo toccano, lo ricevono coi segni del rispetto e della deferenza; gli affidano missioni elettorali; gli fanno accordare alte onorificenze;

8) dal processo, infine, contro due oscuri ferrovieri, che man mano si traduce in un processo contro una forza poderosa e misteriosa, risulta che c'è una grande accusata: la magistratura!

L'accusa non contro o quel magistrato, ma contro tutta la magistratura, come opportunamente rilevò l'on. Di Scalea svolgendo una sua interrogazione (16 dicembre 1899) nella Camera dei Deputati, venne solennemente formulata innanzi alle Assise di Milano dal generale Mirri, che era stato comandante del XII Corpo di armata, capo della Pubblica Sicurezza in tutta la Sicilia e prefetto di Palermo, e che in tali sue qualità si era visto paralizzare nella sua azione dai magistrati, ch'egli accusò nella sua qualità di ministro della Guerra.

Con ciò il grande dramma giudiziario cessò di essere l'esplicazione di un delitto comune, per quanto grandioso ed orribile, ed assunse le proporzioni di un grande avvenimento politico.

Il processo di Milano infatti non andava più a colpire i due volgari accusati e il misterioso mandante, che stava dietro a loro; divenne il processo contro una pretesa associazione, la mafia, e contro i principali istituti politici e giudiziari che si chiarirono complici della medesima o del tutto impotenti a fronteggiarla.

Il processo rivelò uno sfacelo politico e morale da fare spavento.

Un certo conforto si ebbe durante lo svolgimento della prima fase del processo, nella convinzione generale e profonda che lo sfacelo fosse limitato alla Sicilia.

Ma gli ultimi atti della Corte e del Pubblico Ministero di Milano appresero agl'italiani che c'era la solidarietà nel male tra i magistrati di Sicilia e di Lombardia, poiché i primi si rifiutarono d'incriminare la coorte dei funzionari alti e bassi, la cui falsità era stata luminosamente dimostrata dalle due stringenti ed eloquenti requisitorie dei due avvocati della parte civile, Marchesano ed Altobelli.

Il giorno 10 gennaio fu chiuso il processo contro Garufi e Carollo innanzi alle Assise di Milano; e cosí doveva essere, perché si doveva attendere le risultanze del processo iniziatosi contro Palizzolo e Fontana. Ma in quel giorno, colla impunità accordata ai falsi testimoni, cominciò nella pubblica opinione il processo contro i Magistrati di Milano. Volto al Pubblico ministero, l'on. Altobelli potè esclamare: «Contro lo scempio della giustizia, della verità e dell'onore, non una parola sdegnosa, non una rampogna civile, non una eloquente invettiva è balzata fremente dalle sue labbra!

«...Il procuratore generale non si è accorto che dichiarando i funzionari immuni da colpa, si preparava l'assoluzione di Palizzolo e di Fontana, perché in tutti si ribadiva il convincimento che i loro protetti non potevano essere toccati, e che essi, pur essendo in carcere, continuavano ad essere i piú forti ed a ridere e a irridere la giustizia.

«Se domani tornando a Palermo i funzionari fossero accolti da una folla ubbriaca della riconosciuta onnipotenza dei loro capi al grido di Viva la mafia! tutti avrebbero il diritto di protestare, meno coloro ai quali risale e risalirà la responsabilità di averli lasciati impuniti».

Conchiuse affermando che se l'impunità venisse accordata ai funzionari, che o avevano deposto il falso o avevano altre maggiori responsabilità «ci si darebbe il diritto di ripetere che la Giustizia non può essere il fondamento di certe istituzioni; ed allora il popolo saprebbe a quale via ricorrere per assicurare ad essa il rispetto ed il trionfo» .

Con queste minacciose parole fu chiuso in Milano il 10 gennaio 1900 il processo contro Garufi e Carollo, accusati di avere assassinato il Comm. Notabartolo. Continuò il processo nella pubblica opinione contro un'altra accusata, la mafia, e contro una grande Regione, la Sicilia, che della prima venne dichiarata complice necessaria.

Seguiamone lo svolgimento e assegniamole le responsabilità.

Chi si fermasse alle manifestazioni degenerative delle istituzioni politiche, giudiziarie ed amministrative quali vennero rilevate nel precedente capitolo, non potrebbe spiegarsi la genesi delle manifestazioni stesse e molto meno potrebbe poi assurgere alla designazione dei rimedi possibili. Bisogna procedere oltre; e lo stesso processo di Milano somministra lo addentellato per fare l'analisi di una condizione sociale morbosa, che genera le prime ed alla sua volta ne viene rinvigorita e perpetuata. E chi non sa che nella fenomenologia sociale è continua e generale la reciproca azione e reazione tra cause ed effetti, in guisa che a un dato momento gli effetti alla loro volta agiscano come cause? Lo studio ulteriore del processo di Milano, in fine, ci conduce a dire della mafia, che sinora non è entrata in iscena.

Nel processo Notabartolo sono stati messi alla gogna i rappresentanti delle varie istituzioni fondamentali del regno d'Italia non solo, ma venne intaccata gravemente l'onorabilità di una parte della società siciliana. Ciò ch'è ancora piú grave, perché mostra che il male è piú vasto, che c'è un ambiente sociale guasto nel quale si corrompono e si adattano gli uomini e le istituzioni che altrove agiscono e funzionano correttamente.

Il fenomeno che si è osservato a Milano è questo: i testimoni del processo in generale sono reticenti, si rifiutano di parlare, ricorrono ad espressioni vaghe ed indeterminate, appariscono spesso mendaci: tanto che la Corte ne ha incriminati parecchi. Si noti: la reticenza, il mendacio non sono stati propri dei testimoni che vengono dalle basse classi sociali; ma vennero anche deplorati in prìncipi, avvocati, ingegneri, proprietari, tra i rappresentanti, insomma, delle classi dirigenti. Ciò che prova l'estensione e la profondità delle radici del fenomeno stesso.

Come viene esso spiegato? In generale si afferma che i testimoni si rifiutano a dire la verità o dicono addirittura la menzogna perché hanno paura della mafia. A questa paura venne assegnata ufficialmente una somma importanza dalla suprema magistratura del regno, che per legittima suspicione sottrasse il processo ai giudici naturali, ai giurati di Palermo, per deferirlo ai giurati di Milano. Nella ricca e colta capitale della Lombardia si suppose che la mafia non avrebbe potuto esercitare la sua influenza con le minacce di morte o di devastazione delle proprietà che per dolorosa esperienza si sa che non sono vane, ma che si realizzano spesso e terribilmente. Si contano a decine gli omicidi consumati nella provincia di Palermo come esecuzioni di condanne pronunziate dal tremendo tribunale della mafia. La paura rappresenta una gran parte nel fenomeno constatato; ma la sua azione non è unica e del tutto e sempre esclusiva. Non pochi testimoni si rifiutano di dire la verità ed anche mentiscono ubbidendo ad un falso punto di onore, ottemperando ai criteri di una morale speciale, che fa considerare come persona vile o spregevole chiunque coopera colla polizia o colla magistratura per fare scoprire l'autore di un reato; chi ciò fa, o contribuendo all'arresto di un delinquente o denunziandolo o dicendo la verità innanzi ai magistrati, viene designato al pubblico disprezzo colle parole: nfami, cascittuni, (infame, delatore). Questo criterio morale particolare, questo falso punto di onore è talmente prevalente nelle classi inferiori, specialmente nelle campagne di Palermo e nella zona zolfifera, che spesso un lavoratore ritenuto onestissimo riceve una coltellata, si rifiuta di dire chi fu il suo feritore e dichiara di non averlo riconosciuto, quando tutti ne sanno il nome. Il ferito si riserba di pagare il suo nemico con un'altra coltellata, se guarisce, e si conoscono aggiustamenti di conti di questo genere dopo anni ed anni. Se soccombe, porta seco il segreto nella tomba e passa ammirato come un vero omu d'onuri.

Lo stesso avviene spesso a Napoli dove impera la camorra, tanto analoga alla mafia.

Questo falso punto di onore, questo speciale criterio morale, generatore di tanta immoralità, costituisce l'essenza del cosidetto codice dell'omertà «che stabilisce come primo dovere d'un uomo quello di farsi giustizia colle proprie mani dei torti ricevuti, e nota d'infamia e addita alla pubblica esecrazione e alla pubblica vendetta chiunque ricorra alla giustizia o ne aiuti le ricerche e l'azione». Cosí, e bene, il senatore Tommasi Crudele definisce il principio informatore del codice dell'Omertà, ch'è il codice della Mafia.

Certamente nella presente fase di civiltà è altamente riprovevole questo principio informatore della mafia, che si esplica nell'omu d'onuri. Ma la sorpresa o la indignazione dovrebbero avere i loro limiti. Conoscere e comprendere costituiscono il primo passo per perdonare; e per perdonare la mafia in basso, dobbiamo rammentare che tra le persone colte, piú rispettate e più rispettabili del continente italiano, della Francia, dell'America latina ed un poco della Germania, c'è ancora una sopravvivenza di questo principio scomparsa in Inghilterra.

«In Sicilia, scrive il Vaccaro, moltissimi credono che ognuno, il quale sente di essere cristianu, omu per antonomasia, deve farsi rispettare da chicchessia, in qualunque circostanza e atto della vita, senza punto ricorrere alle leggi e alle autorità costituite. Chi pensa a questo modo e opera conformemente è un mafioso, com'è un GENTILUOMO colui il quale, per date offese, in luogo d'invocare il codice penale ricorre al codice cavalleresco».

Ma la mafia cosa è? Chi la credesse una semplice associazione criminosa, con regolamenti ben definiti e con tanti bravi articoli scritti, come qualcuno ha supposto, sbaglierebbe.

La mafia non è in se stessa una vera associazione di malfattori; ma lo spirito che la informa facilmente può generare le cosche, le fratellanze, che sono state vere società di delinquenti, come quella dei Fratuzzi in Bagheria, degli Stoppaglieri in Monreale, dei Pugnalatori in Palermo, della Fontana nuova in Misilmeri, della Mano fraterna in provincia di Girgenti, degli Sparatori in Messina.

L'Alongi, che sulla mafia e sulla camorra ha scritto due complete monografie e che nella sua qualità di siciliano e di funzionario di polizia la conosce bene e ne ha descritto l'origine, i costumi, l'atteggiamento, si è rifiutato a definirla.

Ci si provarono due uomini politici di diverso partito e che dal settentrionale e dal centro vennero in Sicilia a studiarne le condizioni politiche e morali con diverso carattere. Romualdo Bonfadini, allora deputato, nella relazione della Commissione di Inchiesta parlamentare sulle condizioni della Sicilia, nominata nel 1875, cosí la definisce: «La mafia non è una precisa società segreta, ma lo sviluppo e il perfezionamento della prepotenza, diretta ad ogni scopo di male; è la solidarietà istintiva, brutale, interessata, che unisce a danno dello Stato, delle leggi e degli organismi regolari, tutti quegli individui e quegli stati sociali, che amano trarre l'esistenza e gli agi, non già dal lavoro, ma dalla violenza, dall'inganno e dalla intimidazione».

In questa definizione le tinte sono esagerate e falsate. Non sempre la mafia ha come scopo il male; talora, anzi non di rado, si propone il bene, il giusto; ma i mezzi che adopera sono immorali e criminosi. E ciò specialmente quando esplica la sua azione nei reati di sangue. È falso ancora che tutti i mafiosi rifuggano dal lavoro e traggano gli agi dalla violenza, dall'inganno e dalla intimidazione. Spesso il mafioso, per conservarsi e rivelarsi tale, dall'agiatezza passa alla miseria; spessissimo il vero mafioso è persona assai laboriosa, che ci tiene a trarre i mezzi di sussistenza dal proprio lavoro. Non di rado il mafioso che non ha commesso un reato viene processato per coprire i reati degli altri e si rovina economicamente per venire in aiuto degli amici. Il furto, la rapina, lo scopo economico del delitto sono proprio di una mafia degenerata.

E si comprende agevolmente che questa degenerazione possa avvenire dove c'è una profonda alterazione del sentimento morale.

Si mantiene assai piú vicino alla verità il deputato Franchetti, che studiò la Sicilia quasi contemporaneamente alla Commissione d'Inchiesta parlamentare.

Egli scrisse: «La mafia è unione di persone di ogni grado, d'ogni professione, d'ogni specie, che senza avere nessun legame apparente, continuo e regolare, si trovano sempre riunite per promuovere il reciproco interesse, astrazione fatta da qualunque considerazione di legge e di giustizia e di ordine pubblico; è un sentimento medioevale di colui che crede di poter provvedere alla tutela ed alla incolumità della sua persona e dei suoi averi mercé il suo valore e la sua influenza personale, indipendentemente dalla azione dell'autorità e delle leggi.

Qui c'è una parte di vero, ma è una parte interessantissima, ed è quella che designa la mafia come un sentimento medioevale, e che costituisce lo spirito che aleggia in Sicilia e in tutto il Mezzogiorno d'Italia, e che viene rappresentato: dalla profonda e generale avversione verso l'ente governo e verso tutte le istituzioni che ad esso fan capo; dalla diffidenza ineliminabile verso la polizia e la magistratura; dalla salda convinzione che un individuo solo da se stesso e colle proprie mani può ottenere e farsi giustizia vera e completa.

Come e perché si sia formato questo spirito, storicamente si può dimostrare con una copia ed evidenza di prove quali raramente si riscontrano nella genesi dei fenomeni sociali.

La violenza ed iniquità dei governi che si sono succeduti con vertiginosa rapidità da secoli in Sicilia; la violenza e la iniquità delle classi superiori, che usarono ed abusarono della organizzazione feudale, conservatasi nell'isola anche dopo che fu abolita da per tutto, furono i fattori principali che agirono dall'alto nel degenerare lo spirito della mafia. L'odio di classe tra i lavoratori agricoli e urbani e la piccola borghesia alimentato dal regime feudale; l'analfabetismo e la miseria, furono i fattori che agirono in basso per diffondere e rendere piú profondo lo stesso spirito.

La ricerca storica nel passato trova la conferma contemporanea nelle circostanze seguenti: la mafia, e lo spirito che la genera e l'alimenta, esercita maggiormente la sua influenza nelle province di Palermo, di Caltanissetta, di Girgenti ed in parte di Trapani dove prevalgono, isolati o riuniti, il latifondo, l'orrido lavoro delle miniere di zolfo, l'analfabetismo e la miseria. Inutile avvertire che la esistenza di singoli mafiosi agiati o con qualche coltura intellettuale non mette menomamente in dubbio l'azione dei fattori suaccennati. Si sa indubbiamente che le condizioni igieniche di ogni specie costituiscono l'ambiente fisico-biologico che favorisce lo sviluppo di certe epidemie: colera, tifo, peste bubbonica, ecc.; ma quando l'epidemia è sviluppata ne vengono colpiti anche i ricchi e gli intelligenti, che vivono nelle migliori condizioni igieniche. Ciò che avviene nell'ambiente fisico-biologico si ripete analogamente nell'ambiente sociale; alla sua azione, quando è viziato, non sfuggono coloro che dovrebbero supporsi immuni.

Chiunque conosce la storia sa che i governi iniqui e violenti producono sempre dappertutto la degenerazione morale; quanto piú lunga è l'azione dei primi, tanto piú profonda deve essere la degenerazione, i cui prodotti assumono le parvenze di caratteri etnici. Ora la Sicilia, senza colpa sua – o meglio la colpa ce l'ha: è bella, è ricca ed è stata assalita, conquistata ripetutamente da forze preponderanti che l'hanno schiacciata. Tutte le sue numerose rivoluzioni terminarono con lo stabilirvi nuovi tirannici domini; per oltre venti secoli sotto i Cartaginesi o sotto i Romani, sotto i Bizantini o sotto i Saraceni, sotto i Normanni, gli Svevi, gli Angioini, gli Aragonesi, i Borboni, sempre, sempre e sempre ebbe governanti violenti e disonesti il cui tipo in Verre fu immortalato da Cicerone. «L'aver dovuto per lunghi secoli subire governi stranieri, che cercavano di spogliare e di opprimere il popolo siciliano, hanno fatto nascere in lui una istintiva diffidenza ed un profondo disprezzo verso le leggi e i poteri costituiti». Le numerose rivoluzioni cui dovette ricorrere onde scuotere il giogo, non poterono che scavare sempre piú l'abisso fra il popolo e l'ente governo.

Tali governi oppressori non potevano che essere odiati; e tali governi non adoperarono soltanto la violenza, ma ricorsero anche alla corruzione. Cosí scrisse un modesto siciliano, Ciotti, circa venticinque anni fa: «corrotto il governo, corrotti i suoi agenti, corrotta la pubblica forza per lunghi secoli, a poco a poco la turpitudine nelle masse vestí le forme del dovere e della virtú, si trasfuse nella lingua, negli abiti della vita ed ebbe il suo decalogo. Per questo la giustizia, l'autorità, si trovarono circondate da un generale mutismo, nel quale si riverí una vírtú».

In questo mutismo, in questa reticenza generale, che soltanto adesso richiama l'attenzione degli smemorati governanti italiani, l'on. Damiani nella citata Inchiesta agraria fotografava con circa quindici anni di anticipo l'ambiente del processo di Milano con queste parole: «in generale si depone facilmente il falso in giudizio. Le eccezioni sono rarissime. Qualche volta per favorire un amico, tal altra per spirito di partito, non raramente per ubbidire alla mafia; si dissimula con pertinacia ed imperturbabilmente il vero stato delle cose, e con tanta solidarietà da sviare la giustizia dalla retta via e da rendere impossibile di procedere contro i falsari. Ciò conduce spesso all'impunità di molti gravi reati».

Tutto questo è sufficiente a spiegare le conseguenze del secolare malgoverno politico rappresentato e condensato dal regime dei Borboni.

Chi si volesse contentare delle frasi celebri per fare intendere che cosa sia stato il regime borbonico ripeterebbe il giudizio di Gladstone. Ma il grande statista inglese, chiamando il borbonico: governo negazione di Dio, forse esagerando nel giudizio perché non del tutto esattamente informato – riferivasi principalmente al regime politico; meglio e piú si potrà averne cognizione di quello che esso fosse dal punto di vista sociale, ch'è il lato piú generale e piú importante; sull'argomento si hanno documenti ufficiali eloquentissimi.

Pietro Ulloa, procuratore generale a Trapani, in una riservata relazione sullo stato economico e politico della Sicilia, il 3 agosto 1838, scriveva cosí al ministro della Giustizia Parisio: «Non vi è impiegato in Sicilia che non sia prostrato al cenno di un prepotente e che non abbia pensato a tirar profitto dal suo ufficio. Questa generale corruzione ha fatto ricorrere il popolo a rimedi oltremodo strani e pericolosi. Vi ha in molti paesi delle fratellanze, specie di sètte che diconsi partiti, senza riunione, senz'altro legame che quello della dipendenza da un capo, che qui è un possidente, là un arciprete. Una cassa comune sovviene ai bisogni, ora di far esonerare un funzionario, ora di conquistarlo, ora di proteggere un funzionario, ora d'incolpare un innocente. Il popolo è venuto a convenzione coi rei. Come accadono furti, escono dei mediatori ad offrire transazioni pel recuperamento degli oggetti rubati. Molti alti magistrati coprono queste fratellanze di un'egida impenetrabile, come lo Scarlata, giudice della Gran Corte Civile di Palermo, come il Siracusa alto magistrato... Non è possibile indurre le guardie cittadine a perlustrare le strade; né di trovare testimoni pei reati commessi in pieno giorno.

«Al centro di tale Stato di dissoluzione evvi una capitale col suo lusso e le sue pretensioni feudali in mezzo al secolo XIX, città nella quale vivono quarantamila proletari, la cui sussistenza dipende dal lusso e dal capriccio dei grandi. In questo umbelico della Sicilia si vendono gli uffici pubblici, si corrompe la giustizia, si fomenta l'ignoranza. Dal 1820 in poi il popolo si solleva spinto dal malcontento, non dalle utopie del tempo. La sua sollevazione che indubbiamente avverà potrà paragonarsi a quella dei napoletani sotto gli Aragonesi e gli Spagnuoli, quando il grido del popolo era: MUORA IL MAL GOVERNO».

Il lettore fermi l'attenzione su questo documento di una straordinaria importanza; e ciò non solo perché con rapide e precise pennellate vi è dipinta la mafia e le sue cause e la fatalità di una rivoluzione; ma anche e piú perché piú tardi, dopo sessant'anni, sotto i Sabaudi, un altro procuratore generale teneva lo stesso linguaggio al Guardasigilli, probabilmente ignorando che aveva avuto un predecessore nel procuratore generale Ulloa!

Intanto il mal governo continuava e lo stesso Ferdinando II – Re Bomba – fu costretto a revocare il luogotenente Marchese Ugo delle Favare «per feroce governo e per crudele e sfrenata libidine».

Ed ora un'ultima e solenne testimonianza su quello che fosse la magistratura e l'amministrazione della giustizia quando la dinastia borbonica era già agonizzante. «Uno dei flagelli della Sicilia sono i magistrati, che manomettono la giustizia e alimentano il malcontento... La magistratura disserve e non serve il governo ed una delle fatalità del paese sta nella mala amministrazione della giustizia civile e penale».

Chi era questo severo accusatore della magistratura e della amministrazione della giustizia in Sicilia? Maniscalco, il terribile direttore della polizia borbonica, che ebbe in mano la pubblica sicurezza dell'isola dal 1849 al 1860! Dopo quarant'anni un ministro della guerra della monarchia sabauda giudicherà con altrettanta severità la magistratura della Sicilia.

L'azione del fattore politico veniva rinforzata ed allargata dalla organizzazione economico-sociale. La Sicilia, in pieno secolo decimonono e nella parte piú colta del bacino del Mediterraneo, rimase sotto gli orrori e le angherie del feudalesimo.

In Sicilia non penetrò il soffio della rivoluzione Francese, nemmeno sotto la forma attenuata o adulterata della conquista napoleonica: l'isola rimase sino al 1815 sotto la protezione dei soldati e della flotta inglese, che vi mantennero i Borboni.

Nel 1812 il Parlamento siciliano, ch'era rivissuto sotto la protezione inglese, e nel quale prevaleva una aristocrazia colta ed avveduta, fece il suo 4 agosto ed abolí nominalmente il feudalismo.

L'abolizione si ridusse ad una vera truffa a danno della collettività; le proprietà feudali, ch'erano sottoposte tutte agli usi civici, che limitavano i benefici dei feudatari a vantaggio dei lavoratori, furono trasformate in proprietà allodiali. In compenso delle usurpazioni vere – analoghe alle celebri chiusure inglesi – fatte contro la massa, ai Comuni fu ceduta una quarta parte delle terre feudali, che costituirono i demani comunali; ma nell'assegnazione avvennero altre truffe, com'è stato dimostrato da molti scrittori e di recente da Battaglia e da Loncao. Lo stesso governo borbonico piú volte legiferò e dette disposizioni amministrative per mitigare il mal fatto: ma sempre invano. D'onde una serie di contestazioni giudiziarie, che dopo ottantotto anni in alcuni paesi ancora durano e che hanno determinate molte insurrezioni agrarie; tra le quali celebre quella di Caltavaturo nel gennaio 1893. Meno male se l'usurpazione economica contro i lavoratori della terra e contro la collettività fosse stata compensata dalla loro emancipazione politica e sociale! Ma no: i lavoratori furono spogliati dell'uso delle proprietà feudali e rimasero servi!

Non si creda a sentimentalismi ed a vaghe frasi di socialisti e di democratici: il fatto è stato dimostrato nella sua triste realtà da tutti gli storici e giuristi della Sicilia; tanto che Sonnino, ex ministro di Crispi e conservatore per eccellenza, constatò che l'abolizione legale del feudalismo nel 1812 e 1818 rimase senza effetti reali. «Quella ch'era stata fino allora potenza legale, egli aggiunge, rimase come potenza o prepotenza di fatto e il contadino dichiarato cittadino dalla legge, rimase servo ed oppresso».

Giudizi documentati analoghi o piú severi se ne potrebbero raccogliere a centinaia; basta per tutti quest'ultimo dell'ispettore Alongi, che riassume fotograficamente i rapporti tra proprietari – piú o meno nobili – e contadini. «L'operaio e il contadino sono, secondo il gabelloto, una specie di animale inferiore spesso trattato peggio del suo cavallo da coscia. Egli non può capire, per esempio, perché i funzionari debbono occuparsi delle violenze gravi che un galantuomo fa ad un servo... Tanto meno poi riesce a comprendere che anche un miserabile ha diritto a giustizia, a godere del porto d'armi, e ad altri privilegi, un tempo riservati solo ai galantuomini. Quel che piú li urta poi è la insistenza con cui giudici e funzionari vogliono sapere da loro certe cose intorno ai reati di fresco successi, quasiché un galantuomo debba essere citato a dir quel che sa come qualunque altro; e ve n'è poi di semiingenui, che strabiliano nel vedere che un governo debba andar cercando prove e far formalità e spese per mandare un miserabile in galera. MA CHE! essi dicono, FATELO SPARIRE SENZA TANTI COMPLIMENTI».

In questo pensiero dei galantuomini – e di gran parte delle classi dirigenti – sta tutto intero lo spirito generatore ed alimentatore della mafia; e viene sorpreso in persone, che spessissimo non hanno mai avuto conti da regolare colla giustizia. Da questi rapporti economici, politici e sociali tra le classi superiori e medie da un lato e le inferiori dall'altro sotto il dominio dei Borboni nacquero queste due gravi conseguenze: uno speciale ed anormale sistema di difesa pubblica e privata dei beni e della vita delle persone ed una speciale amministrazione della giustizia; un odio intenso tra le varie classi sociali, specialmente dei lavoratori della terra contro i galantuomini ed i proprietari.

1. Il governo ufficialmente riconobbe che i metodi ordinari di difesa sociale non erano adatti per la Sicilia. Perció, sotto i Borboni, la sicurezza pubblica per la parte che concerneva i reati contro la proprietà nelle campagne venne data in appalto – proprio in appalto – alle cosiddette Compagnie d'armi, sotto il comando di un Capitano, che prestava cauzione al governo e colla quale rispondeva dei furti e dei danneggiamenti di cui non si scoprivano gli autori e dai quali non si poteva ottenere la restituzione o il risarcimento.

Ogni provincia e talora ogni circondario aveva la sua Compagnia d'armi; ma tra le varie Compagnie non c'era solidarietà né legale, né morale. Ciascuna Compagnia non rispondeva che dei reati commessi nel proprio distretto; d'onde questa mostruosa conseguenza: una Compagnia d'armi veniva a transazione coi malandrini, coi malfattori di ogni genere e pur di liberare il proprio distretto dalla loro presenza, ne favoriva il passaggio in un distretto limitrofo, a cui addossava la responsabilità delle loro gesta; e proteggeva anche i malfattori purché essi non si arrischiassero a commettere reati di cui potesse rispondere la Compagnia! Perció tra le Compagnie dei distretti limitrofi non era rara l'antipatia e la lotta sorda, con quanto vantaggio della pubblica sicurezza, dell'amministrazione della giustizia e della moralità pubblica si può immaginare...

C'era di piú e di peggio. Alle Compagnie d'armi poco importava la punizione dei delinquenti: a loro interessava non pagare il valore della refurtiva; perciò essi mercé le loro segrete relazioni e coi delinquenti e coi manutengoli e con altri intermediari venivano spesso a transazioni, ottenevano restituzioni totali e parziali in cambio di altri servizi resi ai ladri e ai loro complici, e della recuperazione della refurtiva e dei mezzi adoperati per ottenerla non rendevano conto alcuno: né i superiori politici, né le autorità giudiziarie indagavano; e non ne avevano il diritto di fronte all'interesse di un appaltatore... della sicurezza pubblica!

Si può credere che questo mostruoso regime, mercé la responsabilità pecuniaria della Compagnia garentisse la sicurezza dei beni rurali. Niente affatto. Il grande, il medio e il piccolo proprietario rimanevano esposti a tutti i danni possibili e immaginabili. 1) Sorgevano contestazioni sul valore dei beni rubati, che venivano stimati molto al disotto del loro valore reale; 2) passavano anni ed anni prima che al derubato dalla Compagnia d'armi venisse pagato e compensato il danno; 3) talora il furto era ingente e la cauzione data dal Capitano non bastando a pagarlo, se ne dichiarava il fallimento puro e semplice, senza che sorgessero ulteriori responsabilità nel governo.

Questi tre gravissimi inconvenienti conducevano a due conseguenze non meno gravi: 1) il derubato, pro bono pacis, e per non soffrire ulteriori danni, veniva a transazioni colla Compagnia: pel furto di 100 contentavasi di 40, di 50 – di quello che potevasi contrattare –, specialmente quando trattavasi di furto di bestiame, il piú facile a commettersi dove la pastorizia brada è generalmente prevalente, il vasto latifundium è quasi del tutto disabitato e gli animali sono affidati alla custodia di pochi miserissimi e selvaggi pastori. In questa differenza tra il valore del furto e quello del compenso c'era largo margine agli accomodamenti tra la Compagnia ed i ladri; c'era la convenienza per la Compagnia stessa che i furti – e grossi – avvenissero... L'intesa, l'accomodamento tra le Compagnie d'armi e i signori ladri era tanto piú facile in quanto che il Capitano aveva larghi poteri nel reclutare i suoi dipendenti e li presceglieva tra i piú astuti, tra i piú coraggiosi, tra coloro che sapevano conservare buone relazioni coi malfattori per potere facilmente scoprire i furti. I Compagni d'armi non erano mai uomini onesti; per lo piú avevano subíto parecchie condanne o almeno parecchi processi. La loro condizione morale migliorò, però, colla riforma di Nicotera del 1877.

Da ladro, da audace e sanguinario malfattore, anzi si otteneva una prima promozione passando al servizio del grande proprietario; ed una seconda piú importante passando al servizio dello Stato nella Compagnia!

2. Ma il grande e il medio proprietario non potevano sottostare senza grave loro danno a questo regime di furto legalmente organizzato; perciò essi provvedevano direttamente alla difesa dei loro beni, mercé di un corpo piú o meno generosamente retribuito.

Il campiere deve – e dico deve, perché il campiere sussiste ancora, benché attenuato – rendere sicuri i beni del suo padrone contro il ladro, comunque e con qualunque mezzo. Esso deve tener testa un po' al compagno d'armi. Egli, perciò, se la deve intendere un po' coll'uno e un po' coll'altro; e renderà servizi ora all'uno ora all'altro, secondo le circostanze, pur di essere rispettato e temuto da entrambi. Il rispetto di cui si gode, il timore che s'incute sta in ragione diretta del coraggio e della risolutezza mostrati in ogni occasione, e specialmente nei piú audaci reati contro le persone e contro le proprietà per l'astuzia e per l'avvedutezza.

Perciò da facinoroso, da malfattore sotto il governo borbonico si passava ai servizi del signore, del latifondista, del grande gabelloto, in attesa dell'altra promozione a compagno d'armi di cui si disse precedentemente. Nel reclutamento dei campieri, che sussistono ancora mentre sono scomparsi i Compagni d'armi, il generale Corsi diceva che «il signore, purché fossero uomini di stocco, è costretto a chiudere un occhio e magari anche tutti e due nello sceglierli e prenderli della stessa pasta di cui si fanno i briganti».

Il generale Corsi si riferiva all'anno 1894 in cui egli scriveva; si può immaginare quale fosse lo stato delle cose quarant'anni or sono sotto i Borboni.

Al latifondista, al grande gabelloto non interessava che la sicurezza dei propri beni, che il governo non poteva garentire; e siccome egli otteneva lo scopo tanto piú facilmente quanto piú temuto era il suo campiere; quindi egli non solo usava una sapiente selezione – a base di criminalità – nel momento dello arruolamento; ma una volta che lo aveva ai suoi servizi adoperava tutti i mezzi per assicurargli l'impunità, checché egli facesse, qualunque reato egli commettesse.

Era manutengolo di ladri e di briganti? Non importava: purché i ladri e i briganti non foraggiassero nel latifundium, nel campo del gabelloto. Il campiere sfogava una passione su di una donna; sfogava una vendetta ammazzando un antico nemico? Importava meno; anzi giovava: cresceva l'autorità dell'armigero, era piú temuto piú rispettato lui... e il latifondo affidato alla sua custodia. E il feudatario, il gabelloto – il cosidetto signore – a delitto consumato lo ricoverava, lo nascondeva, spendeva, prometteva, corrompeva, minacciava, pregava, scongiurava le alte autorità politiche in favore del presunto delinquente, a tutti noto come autore del reato, ma che raramente veniva processato, e piú raro condannato!

Questo signore complice del campiere, in tutto il resto poteva essere – ed era spesso – un uomo onestissimo; e tale è ritenuto oggi il Principe Mirto, ai cui stipendi stava il Fontana, che venne processato per vari gravi reati e che è ritenuto essere l'assassino materiale del commendatore Notabartolo...

Ma il signore, sotto i Borboni e i Sabaudi, a chi in nome della legge e della moralità gli muove rimprovero della protezione accordata e dei servizi accettati dal campiere malfattore, crede in buona coscienza di potere trionfalmente indirizzare questa domanda, a cui sa non si può dare risposta: e se caccio via il campiere delinquente chi mi garantisce la sicurezza delle mie proprietà?

La forza di questa domanda venne riconosciuta anche dal generale Corsi.

Quale fosse la condotta del campiere verso il lavoratore si può immaginare; d'ordinario era semplicemente scellerata.

Egli, armato di fucile e di pistole, guardava il contadino dall'alto in basso: lo tormentava e lo angariava come nei peggiori tempi del feudalismo; le angherie e i tormenti che infliggeva il campiere erano assai piú crudeli di quelli che potevano venire direttamente dal signore, perché il primo era rozzo, analfabeta, abituato al delitto.

Se il signore era di animo malvagio e prepotente, il campiere non serviva soltanto nella campagna ed a difesa della proprietà; ma diveniva il bravo dei Promessi Sposi, il sicario scellerato, lo strumento di ogni nequizia...

E i piccoli proprietari? Essi in generale non potevano mantenere e pagare i campieri; erano dunque le vittime dei campieri, dei compagni d'armi e dei ladri. Il meglio che potevano fare era d'intendersela cogli ultimi, e di un certo rispetto potevano godere rendendo a loro servizi di ogni genere occultandoli, servendoli in ogni guisa, pagando a loro un tributo proporzionato ai loro beni.

C'era un altro modo di procurarselo il rispetto: procurarselo a difesa dei propri beni ed anche, volendolo, per assicurare altri lucri; il mezzo era quello di acquistarsi fama di mafioso col coraggio, colla solidarietà col delinquente, col rifiuto sistematico di cooperare colla polizia e colla magistratura nelle indagini sui reati.

E il coraggio era piú apprezzato in basso, se era stato spiegato piú che contro i privati e i singoli cittadini, contro i campieri e contro i compagni d'armi.

La fama di mafioso acquistata in quest'alterno modo era la piú legittima e la piú ammirata da tutti; e cosí talora il mafioso anche pei reati commessi trovava simpatia tra persone oneste, perché quei reati erano stati consumati a danno di altri peggiori malfattori impuniti perché protetti da potenti.

Tutta la soma di questa organizzazione incivile, criminosa, pesava sul popolo lavoratore; i cui elementi piú arditi spesso dalla prepotenza altrui erano spinti fatalmente alla ribellione ed alimentavano nelle folle l'odio contro le classi superiori.

Questo odio inestinguibile e giustificabile generò le insurrezioni agrarie ogni volta che si presentò favorevole l'occasione; perciò in tutti i moti politici, appena allentavasi il freno dell'autorità ed il popolo aveva la forza con sé, credeva di esercitare un diritto abbandonandosi a feroci vendette.

Cosí avvennero i massacri dei signori, dei galantuomini, nel 1820, 1837, 1848, 1860 a simiglianza perfetta dei moti della Jacquerie, dell'Anabattismo e di quelli piú recenti dei contadini in Galizia.

Ma la ribellione collettiva non era sempre possibile; lo era quella individuale, la cui trama è criminosa.

L'organizzazione politic-oeconomico-sociale dà ragione, quindi, del prevalere in Sicilia della delinquenza sanguinaria e maggiormente dove il regime feudale rimase immutato anche nelle apparenze; spiega pure la prevalenza, – si potrebbe dire la esclusività – dei contadini e dei pastori tra i briganti. E questi ultimi raramente taglieggiavano i piccoli proprietari e i lavoratori; spesso li aiutarono con denaro e ne fecero le vendette. Ciò che li fece guardare con simpatia in basso, dove venivano considerati ed ammirati come giustizieri, e permisero che tenessero la campagna per lungo tempo – favoriti anche dalla mancanza di strade e dalle condizioni demografiche – nonostante le taglie e la caccia, che in certi momenti davano loro le autorità politiche e militari.

Il pullulare dello spirito della mafia in un siffatto ambiente era il fenomeno piú naturale di questo mondo; sarebbe stato strano che non fosse sorto un tale spirito, qualunque ne avesse potuto essere la denominazione.

Le stesse cause dettero dovunque gli stessi effetti; perciò dovunque ci fu malgoverno sistematico ed oppressione sociale vediamo sorgere associazioni segrete piú o meno analoghe alla mafia, talora piú vaste e con impronta piú spiccata politico-sociale; ma sempre impeciate di criminalità. Così sorsero la Sainte Vehme e la Jacquerie. Cosí in Piemonte e in Lombardia potè fiorire il brigantaggio; e in Lombardia specialmente sotto il malgoverno degli Spagnuoli – esiziale in Sicilia perché piú a lungo durato e non sostituito da altro meno cattivo. Dello spirito che animò i compagni d'arme, i campieri e i mafiosi ce n'era un poco anche nel mite Renzo Tramaglino come ha osservato Gaetano Mosca. Cosí a Napoli sorge e dura ancora la camorra; e negli Abruzzi, quando non esisteva piú il brigantaggio, avvennero incendi numerosi ed uccisioni di bovi nel 1877 in odio a ricchi proprietari spesso usurpatori di terreni comunali; e in un comune di Basilicata i contadini si confederarono in setta di mutuo soccorso per false testimonianze, sempre benevoli al proprio ceto in caso di liti coi possidenti, per offese private o per questioni demaniali (Turiello), nelle Romagne sotto i Pontefici ci furono le squadracce e alle porte di Roma sino a pochi anni or sono potè regnare il brigante Tiburzi; nel Mezzogiorno continentale per secoli potè fiorire il brigantaggio – le cui cause politiche e sociali furono messe in evidenza nel Parlamento italiano dal 1861 al 1866; in Irlanda germogliarono i fanciulli bianchi, il ribbonismo, i molly maguir, i feniani e tutti i delitti agrari che la caratterizzarono sino a poco tempo fa. La fenomenologia identica si ripete sotto tutti i climi e con tutte le razze dovunque agiscono le stesse cause.

La mafia in Sicilia sotto i Borboni divenne l'unico mezzo per gli umili, pei poveri, pei lavoratori per essere temuti e rispettati, per ottenere la forma di giustizia ch'era compatibile in quelle condizioni e che non era possibile ottenere nelle forme legali. E alla mafia si dettero tutti i ribelli, tutti gli offesi, tutte le vittime: sia attivamente, sia passivamente, occultando le gesta criminose e proteggendone, comunque, gli autori, creandole un ambiente favorevole.

Sicché spesso la qualifica di mafioso nel passato non venne ritenuta offensiva; e mafioso nelle buone famiglie chiamavasi scherzevolmente qualunque ragazzo coraggioso, ardito, indipendente.

Su questo fondo di giustizia sociale che servì a creare lo spirito della mafia e dette corpo alle sue manifestazioni s'intende che s'innestarono tutte le tendenze perverse, tutte le passioni losche, tutte le cause e gli incidenti della delinquenza volgare. Ma nell'insieme essa nacque e fu mantenuta dalla generale diffidenza contro il governo; dalla sua impotenza e dal malvolere nel rendere giustizia, dalla coscienza profonda che l'esperienza aveva dato agli uomini che la giustizia bisognava farsela da sé e non sperarla dai poteri pubblici.

Ecco il criterio e la base medioevale giustamente segnalata dal Franchetti nella sua definizione.

La mafia, in fine, rese i piú grandi servizi alla causa della rivoluzione contro i Borboni; e in questo addentellato politico sta una delle cause del rispetto e della devozione della medesima verso l'aristocrazia, che in massa era avversa ai Borboni, come notò Alessandro Tasca. I piú noti mafiosi furono i piú valorosi combattenti nelle cosidette squadre nel 1848; gli stessi mafiosi si batterono prodemente nel 1860 tra i picciotti di Garibaldi alle porte di Palermo e dentro Palermo.

Quando trionfa la leggendaria spedizione dei Mille di Marsala, nel momento in cui una nuova vita doveva cominciare per la Sicilia, la mafia, specialmente nella provincia di Palermo, si trovò circondata dall'aureola del patriottismo e col battesimo del sangue versato in difesa della libertà.

I Borboni crearono la mafia; vediamo ciò che hanno saputo fare i Sabaudi per distrurla.

V

In Sicilia, alla vigilia della rivoluzione del 1860, che doveva farla passare dal dominio dei Borboni sotto quello dei Sabaudi, che avevano mangiato quasi tutto lo storico carciofo, i pochi che si occupavano di politica speravano la libertà; la massa aveva sete ardente di giustizia ed era intenso, se non nettamente formulato, il bisogno di una trasformazione economico-sociale.

Venne la libertà; ma misurata, omeopatica, soggetta a sospensioni e ad eccezioni che non potevano renderla benefica; la giustizia si fa ancora attendere, e la trasformazione economico-sociale s'iniziò senza alcun merito di coloro, che dovevano esserne i promotori, se non i fattori conclusivi; procedette lenta, incerta, saltuaria. Lo Stato nuovo che doveva essere essenzialmente riparatore facendosi strumento ed organo della giustizia mancò completamente alla sua missione e non potè in guisa alcuna acquistarsi la fiducia delle collettività e distruggere o purificare l'ambiente, che aveva creato e manteneva lo spirito della mafia.

Guardando all'insieme delle condizioni della Sicilia nel 1894 e sopratutto tenendo conto della mancanza di proporzioni tra gli sforzi e i sacrifizi fatti e i risultati ottenuti; della evoluzione che aveva creato nuovi bisogni ed acuito gli antichi; e paragonandolo con quello precedente alla rivoluzione, nel libro sugli avvenimenti del 189293 scrissi un capitolo dal titolo significativo: Nulla è mutato!

Certamente l'asserzione sembrerà audace; ed essa sarebbe contraria al vero se fosse presa alla lettera. I rapporti e gli scambi aumentati colle parti piú progredite dell'Italia continentale e coll'estero; le molte scuole aperte, per quanto ancora insufficienti; i telegrafi, le ferrovie, le strade e sopratutto i giornali e i libri hanno esercitato la loro azione: hanno destato molte coscienze; e dove le circostanze e l'opera di alcuni uomini l'hanno consentito, un sensibile miglioramento è avvenuto.

Questo miglioramento economico-sociale sarebbe stato di gran lunga maggiore, se il censimento dei Beni dell'Asse Ecclesiastico – considerevolissimo in Sicilia perché dalla cacciata dei Saraceni in poi le corporazioni religiose, ininterrottamente, avevano accumulato circa un miliardo di proprietà fondiaria che non subí mai alcuna confisca – fosse stato fatto come voleva Garibaldi nel 1860, con criteri sociali e non si fosse ridotto ad una spoliazione della Sicilia a beneficio del Fisco rapace.

Là dove bisognava dividere il latifondo dando la terra ai contadini – e il fatto spesso non sarebbe stato che una doverosa restituzione – lo si lasciò accaparrare da una borghesia avida, che aveva tutte le brame del capitalismo senza possederne i mezzi e la larghezza delle vedute; e da una aristocrazia, che nei vizi e nell'ozio aveva sciupato le antiche proprietà e che cercò rimpannucciarsi acquistando i beni dei frati e delle monache e diventando con ciò liberale per forza d'interessi: com'era avvenuto in Francia coi Beni nazionali. Ma il latifondo che avrebbe potuto ricevere un colpo formidabile col censimento dell'Asse ecclesiastico non fu distrutto; non fu che sostituito o arrotondato.

Constatato ciò che di buono potè avvenire in Sicilia col nuovo ordine di cose sorto dalla rivoluzione del 1860 si deve con dolore e con vergogna confessare che lo spirito generale, che alimenta la mafia e che ha la sua base, come si è visto, nella condotta delle classi dirigenti e nell'azione del governo – e si capisce, che tra i due fattori c'è intima connessione – rimase immutato. Si può aggiungere che lo Stato perdette in reputazione; non ebbe piú la sincera e incondizionata adesione e cooperazione del clero, della aristocrazia, della burocrazia.

Quest'ultima circostanza è gravissima ed ha bisogno di essere documentata.

Quanto abbia perduto lo Stato nella stima dei Siciliani si può argomentarlo facilmente dalla misura della perdita nel resto d'Italia, dove la sua azione è stata meno nefasta che nell'Isola. Orbene tale misura viene data dai giudizi emessi da tre uomini autorevolissimi, tutti e tre exministri del Re e devotissimi alla dinastia sabauda.

Eccoli qua, quali si leggono nella Nuova Antologia del 15 novembre 1899.

Ascoltiamo prima quello di un morto di altissimo intelletto, che fu precettore della regina Margherita, Ruggero Bonghi:

«Non si vede se gl'italiani abbiano oggi minor fiducia nelle istituzioni che li reggono o negli uomini che li governano.

«Le prime sono assai piú difficili a mutare che i secondi; e la sfiducia verso le prime è piú lunga e lenta a sanare, che non quella verso i secondi».

Poi sentiamo lo stesso direttore della Nuova Antologia, uomo assai colto ed equilibrato, che fu ministro con Francesco Crispi, il deputato Maggiorino Ferraris:

«L'Italia attraversa un momento difficile nella sua vita di nazione. Una lunga depressione economica, le sofferenze dell'agricoltura, il disordine della finanza e della circolazione, la crisi edilizia, gli insuccessi della politica costituzionale, i disordini del maggio '98, la sterilità di governi e Parlamenti hanno creato una stato di profonda insoddisfazione nel Paese. Malgrado i primi e lieti auspizi di un risveglio economico, il malcontento cresce, si estende, si organizza. Questa organizzazione del malcontento è il fenomeno piú grave, piú pericoloso dell'ora presente. Esso attacca lo Stato, minaccia i poteri costituiti, insidia le libere istituzioni, che sono la gloria e la fortuna della Patria... ».

Ed ecco in ultimo la parola prudente dello storico illustre di Machiavelli e di Savonarola, che fu ministro coll'on. Di Rudinì, del senatore Pasquale Villari:

«Se voi percorrete l'Italia da un estremo all'altro, vedrete regioni, uomini, società diversissime: sentirete su tutto e su tutti i piú opposti e contraddittori giudizi. V'è però una cosa sola in cui la concordia è perfetta, il giudizio unanime: nel dire male del nostro governo. Il fatto è notevole assai. Certo anche dei governi dell'Austria, dei Borboni, del Papa, dei Duchi si diceva gran male; ma i borbonici almeno, i papalini, gli austriacanti, i duchisti ne dicevano bene, li difendevano bene. DEL NOSTRO INVECE DICONO MALE QUEGLI STESSI CHE LO HANNO FONDATO, CHE NE FANNO PARTE E NE CAVANO VANTAGGIO...».

Un governo ed uno Stato talmente esauriti potevano acquistare la fiducia di una regione, che nello Stato e nel governo da venti secoli non vedeva che nemici?

Potevano restaurare il regno della giustizia uno Stato ed un governo di cui dicono male coloro che lo hanno fondato, ne fanno parte e ne cavano vantaggio? Tale governo e tale Stato potevano debellare lo spirito malefico della mafia? È semplicemente ridicolo il supporlo.

Ma il governo e lo Stato che nel continente in quarant'anni di colpe e di errori d'indole generale han saputo creare nel resto del Regno una condizione di vera ostilità contro di loro, si resero impotenti e disadatti all'alta loro funzione restauratrice della giustizia con colpe ed errori speciali commessi in Sicilia, dove piú urgente e necessaria era l'opera loro.

Il primo errore e la prima colpa furono quelli di essersi appoggiati sulle antiche classi dirigenti e sulle nuove rappresentate da una borghesia che non aveva le benemerenze intellettuali e politiche di quella francese e ch'era impastata di affarismo e di intraprendenza disonesta.

Cosa siano intellettualmente e politicamente queste classi dirigenti siciliane lo disse nel 1893 l'on. marchese di San Giuliano – oggi ministro coll'on. Pelloux – sí che, dopo averne descritto l'incertezza e l'ignoranza, concluse con queste caratteristiche parole:

«Queste classi diconsi dirigenti sovente come... lucus a non lucendo!».

Un altro uomo eminente, e che fu prefetto di Palermo, il senatore Zini, dell'aristocrazia, scrisse: «La Baronia Siciliana superba ed ignava fu non ultima cagione del pervertimento morale onde volentieri si getta il carico sul mal governo dei Borboni».

Dei nuovi strati della borghesia, alla sua volta l'on. Sonnino, ch'è un borghese grasso, dette questo schizzo sintetico:

«Non numerosa e, in Sicilia, come dappertutto, avida di guadagno e imitatrice della classe aristocratica soltanto nelle sue stolte vanità e nella sua smania di prepotenza».

Il feudo, il latifondo, fu il campo di azione dell'aristocrazia; i comuni, le provincie, le camere di commercio e le banche furono riserbate alla borghesia. Ne fecero tale malgoverno colla insipienza accoppiata alla disonestà elevate alla massima potenza, che non sarebbe affatto credibile se non fosse stato documentato sino alla sazietà nelle discussioni parlamentari, nelle relazioni ed altri innumerevoli documenti ufficiali. Sotto l'aspetto amministrativo, la mezza libertà dei cittadini e la mezza autonomia degli enti locali sotto i Sabaudi segnarono un vero peggioramento sulle precedenti condizioni sotto i Borboni. Municípi e provincie servirono a gravare enormemente le imposte, a ripartirle iniquamente, a sperperarne il prodotto disonestamente per fini individuali, senza utilità collettiva, a scopo di nepotismo e di favoritismo, per preparare candidature politiche.

Queste classi dirigenti – rappresentate dall'aristocrazia e dalla borghesia – colla loro assenza di scrupoli e colla loro fenomenale ignoranza, si può immaginare quale condotta tenevano verso i lavoratori, verso le classi inferiori. Lo sappiamo già, dalle parole del Sonnino e dell'Alongi, che furono riferite per dare un'idea dei rapporti sociali sotto i Borboni, ma che erano state scritte per descrivere le condizioni presenti. Ciò che aggiunsero il generale Corsi, monsignore Carini, siciliano e bibliotecario del Vaticano – in una lettera a me diretta in un opuscolo – e parecchi altri aristocratici e borghesi illuminati e onesti, riesce a dare un quadro dalle tinte fantastiche e cupe che ha il pregio triste di corrispondere scrupolosamente colla realtà.

Questa triste realtà condusse ai moti dei Fasci nel 189394 ed alle loro sanguinose repressioni nelle quali cento contadini furono massacrati, parecchie migliaia feriti ed altre migliaia condannati alla galera dai Tribunali militari.

Occupandosi per l'appunto di quei moti dei Fasci – a torto giudicati come un prodotto della propaganda socialista – il senatore Malato Fardella, procuratore generale presso la Cassazione di Palermo, dall'altissimo suo seggio disse: «In questo nostro Paese, eminentemente agricolo, la classe dei contadini in particolare difetta dei mezzi piú necessari alla vita è la classe piú bistrattata, la meno compassionata, la piú misera, la piú ignorata e la piú degna quindi di speciale considerazione da parte degli uomini di cuore!»

E il comm. Sighele, Procuratore generale presso la Corte di Palermo, della stessa Palermo inaugurando l'anno giuridico 1894, riferendosi agli stessi avvenimenti constatava:

1) che le condizioni dell'oggi non sono la conseguenza di fenomeni del tutto recenti; ma hanno la loro origine in un complesso di fatti e di tradizioni e di avvenimenti, che rimontano ad epoche non vicine;

2) che sono ormai diciotto anni che un'inchiesta parlamentare constatò inutilmente lo stato vero dei contadini in Sicilia;

3) che il contadino siciliano è perseverante, sobrio, laborioso, ma nello stesso tempo lo si è tenuto in uno stato di semibarbarie;

4) che il contadino siciliano anche dopo acquistata la libertà e la redenzione rimase nella condizione di servo e di oppresso e la posizione sua verso il padrone è quella di vassallo a feudatario.

5) che gli enormi latifondi, l'accentramento di vastissimi terreni in mano di pochi e le oligarchie comunali che non sempre s'inspirano a giustizia, e sopratutto i contratti agricoli aggravano questo stato di cose;

6) che è opera altamente meritoria cercare in tutti i modi di mettere le classi agricole in condizione di RESISTERE ALLE PREPOTENZE DEI PADRONI.

Era un altissimo magistrato che consigliava di mettere in tutti i modi i contadini in condizione di resistere alle prepotenze dei padroni... Quale strana e terribile confessione!

Le condizioni dei lavoratori urbani erano assai migliori di quelle dei contadini; ma sempre anormali.

L'insieme era tale che al senatore Guarnieri, nella riunione dei rappresentanti delle classi dirigenti – grandi proprietari, deputati, senatori, duchi, baroni, principi, cavalieri e commendatori – nella sala Ragona in Palermo nello stesso anno 1894, strappava quest'altra confessione: «I deplorabili moti dei Fasci – promossi da quali agitatori e da quali intenti l'Italia oggi non ignora – che sono scoppiati, non sarebbero avvenuti, o almeno non avrebbero tanto attecchito se in tutta l'Isola non regnasse il piú profondo malcontento ed universale malessere nato da lunghi anni di trista amministrazione».

Questa sciagurata condizione di cose, creata in gran parte dalle classi dirigenti e che condusse alla esplosione tumultuaria e sanguinosa dei Fasci, poteva restituire la fede nella giustizia? Poteva distrurre lo spirito della mafia?

Non lo poteva. Solo l'azione dello Stato avrebbe dovuto e potuto paralizzare l'azione delle classi dirigenti, restaurando l'ordine morale coi mezzi economici e giuridici, politici e amministrativi di cui dispone.

Ciò che ha fatto lo Stato contro le cause generatrici della mafia lasciamolo dire ai fatti.

Parli la storia contemporanea.

Filippo Cordova, mente eletta ed oratore eloquentissimo, ministro della monarchia Sabauda e dell'Italia, alla cui unione aveva efficacemente cooperato, poco dopo la rivoluzione del 1860, precisamente il 9 dicembre 1863 cosí riassumeva il compito del nuovo ordine di cose in Sicilia:

«Io credo che un governo, allorquando riceve un paese non dalla conquista, ma dalle mani della rivoluzione debba domandare a se stesso per quali bisogni questa rivoluzione si è fatta, che cosa voleva il popolo che si è sollevato e pensare in tutti i modi a soddisfare questi bisogni. Questo era il solo modo di ristabilire l'ordine, il solo modo di contentare completamente le popolazioni. L'azione di un governo può essere promotrice della prosperità futura dei popoli e riparatrice degli abusi che si sono introdotti per il passato; e considero azione riparatrice quella che consiste nel rimuovere i tristi effetti delle passate legislazioni, dei monopoli, dei privilegi, nel distruggere gli abusi, che ancora possono esistervi».

Il governo, l'ente continuativo che ha rappresentato l'Italia sotto la dinastia sabauda fallì completamente allo scopo in Sicilia e in tutto il Mezzogiorno. Il compito era relativamente facile; infondere in tutti la convinzione che in un libero regime l'impero della legge non pativa eccezioni e che la giustizia uguale per tutti era una realtà. Era il solo modo di distruggere la mafia, eliminandone la ragione di essere.

Il governo italiano venne meno a questo suo alto compito e sin dai suoi primi atti pare che si abbia assunto in Sicilia quello di distruggere tutte le illusioni sorte nell'animo dei liberali e dei cittadini alieni dalla politica, ma che amavano il quieto vivere, la sicurezza e il retto funzionamento delle leggi.

Coloro che dovevano essere i restauratori della legge, i promulgatori di libertà, gli educatori nell'alto senso della parola cominciarono coll'alienarsi la simpatia e la fiducia – basi alla necessaria cooperazione delle popolazioni col governo perché si facesse ora proficua – delle masse che si videro trattate con disprezzo come appartenenti a razza inferiore e conquistata. Il pensiero che era nell'animo della grande maggioranza dei funzionari inetti e disonesti – il rifiuto dell'antico regno di Sardegna, la schiuma dei parvenus e degli imbroglioni, che si gabellarono per patrioti per acchiappare un posto – che piovvero in Sicilia fu formulato esplicitamente con soldatesca brutalità dal generale Govone che l'Isola solennemente proclamò barbara.

La Sicilia venerava Garibaldi: ora dopo due anni che lo aveva accolto come liberatore gli vede data la caccia come a brigante nelle sue terre e lo sa ferito gravemente e trattato come un volgare ribelle ad Aspromonte; la Sicilia credeva che i sentimenti disinteressati di patriottismo e l'aspirazione a Roma capitale costituissero un titolo di onore, ma vede fucilati a Fantina nel 1862 come disertori e malfattori dal colonnello De Villata sette garibaldini, e vede rimosso dall'ufficio il magistrato, che voleva punire il soldato fucilatore. Questi primi atti cagionarono una tremenda disillusione politica.

La Sicilia da secoli non era stata sottoposta alla coscrizione militare obbligatoria; e l'odiava. Quando fu fatta la prima leva sotto i Sabaudi, perciò, molti coscritti non risposero all'appello. Il governo con ferocia senza pari dà loro la caccia come a belve e ad incivilire i barbari manda ufficiali che assassinano i cittadini soffocandoli col fumo, come i francesi avevano incivilito i barbari della Kabilia, e rimettono in onore la tortura per fare parlare i sordomuti, assaltano di notte le città a suono di tromba, le cingono di assedio e le privano dell'acqua! C'era un uomo adorato nelle campagne e nella città di Palermo, che aveva qualche cosa del mafioso, ma che era nobile e generoso e si era battuto sempre eroicamente per la libertà ed era diletto da Garibaldi; quell'uomo il generale Corrao, giurò che non avrebbe lasciato rimettere lo stato di assedio in Sicilia, che non aveva fatto diverse rivoluzioni – diceva lui – per cambiare di tirannide. Corrao venne misteriosamente assassinato e per provare che cominciava sul serio il regno della giustizia non venne nemmeno istruito un processo. Il popolo si convinse forse a torto, che lo aveva fatto assassinare il governo!

Tali voci, che dovevano esautorare qualunque governo, erano accreditate tra le classi civili e tra coloro che nutrivano sentimenti patriottici ed unitari dal contegno dei piú alti rappresentanti dello stesso governo italiano.

I fatti che si possono raccogliere nella cronaca dei giornali dell'epoca sono innumerevoli; quì voglio ricordarne solamente due.

Espongo il primo tale e quale si legge nel Supplemento al giornale di Palermo l'Unità Politica (27 settembre 1863) e vi lascio anche il titolo:

«UN FATTO INCREDIBILE NEL 1863»

«I nostri lettori ricorderanno che nel nostro Palermo del giorno 23, accennammo ad un fatto di cui promettemmo di pubblicare i particolari non appena saremmo stati in grado di averne sufficiente guarentigia. Oggi adempiamo alla promessa, rendendo di pubblica ragione i fatti quali li abbiamo attinti, senza aggiungervi alcun commento, essendo per loro natura talmente gravi che vi è bisogno di attenuarli per crederli possibili.

«Nei primi mesi del 1861 furono arrestati dalla Guardia Nazionale taluni della famiglia Palazzolo, Pecorella da Favarotta. Si seppe che per violenza contro la forza costituita furono ammazzati in carcere. Si addebitò questo eccesso alla famiglia Bommarito, per modo che, mentre correva una istruzione penale del fatto, cadevano uccisi due della famiglia accusata, la quale, alla sua volta emise querela contro la famiglia Palazzolo, cui aggiudicò il reato della uccisione dei suoi. Di questi due processi finiva il primo colla dichiarata innocenza del Bommarito, durava il secondo nella sua piú attiva istruzione. Esaurito il processo contro i Bommarito, un altro ne veniva iniziato contro il comandante della Guardia nazionale Vito Di Stefano, per l'arresto arbitrario dei Palazzolo uccisi in carcere e fu, a questo, addentellato il processo Bommarito rinato per la esibizione di foglie di lume da parte dei Palazzolo Pecorella, i quali avevano intanto acquistato intime relazioni col Serpi generale dei Carabinieri. Procedevano queste due istruzioni, quando il Serpi, a gratificare i suoi novelli amici, si propone di fare eseguire un matrimonio tra il nominato Pietro Palazzolo figlio del sindaco di Favarotta ed una giovinetta tredicenne figlia di Vito Bommarito, che rappresentavano le due parti inquisite; e, a far ciò, si avvalse del sig. Ignazio Citati, capitano d'arme e del sig. Giuseppe Sanfilippo, consigliere di Prefettura, i quali ne proponevano il partito al Vito Bommarito che trovavasi in carcere promettendo da parte del Generale di fare estinguere i processi che duravano avverso le due famiglie rivali.

«A questa insinuazione, il Bommarito rispose, ed era nel settembre 1862, che non aveva alcuna figlia da maritare, perché ancora troppo giovane la sua Annetta di anni 13. Ma a questa risposta non appagati i commissionari e forse sospinti dallo stesso Serpi, si portarono in Favarotta a conoscere la ragazza ed a replicare le richieste presso la madre, la quale li respingeva al marito, non sapendo, né potendo risolversi ad aderire. E ritornarono di fatto alle insistenze verso il padre, cui asserivano che parenti e amici vedevano in bene la proposta del Serpi, e che mancava solo il di lui assentimento per sedare una rivalità troppo durata e per ritornare la pace al paese e alla di lui famiglia. A questo il Bommarito, accorto che poteva difficilmente lottare colla prepotenza governativa, ripiegava dal suo diniego a patto che la ragazza entrasse subito in monastero per educarsi ed avanzare in età di altri due anni, appresso il qual tempo egli avrebbe fatto effettuare il matrimonio voluto. Riferita questa risposta al mandante sig. Serpi furono la dimani di ritorno al carcere di San Filippo col patrocinatore signor Camillo Orlando e colla madre della ragazza per chiedere al Bommarito di quanto volesse dotare la figlia, e, quando ebbero saputo che questi le avrebbe assegnate solo onze 500, e furono da parte del Serpi rimandati a chiedere di piú; dopo insistenze e minacce, che tendevano a vincolare sempre meglio il Bommarito alla data promessa, ottennero altre onze 100 delle quali si prometteva la madre.

«A questo fatto tennero dietro due requisitorie del Butta che dichiaravano non esser luogo a procedimento penale né contro i Bommarito né contro i Palazzolo. Dietro a che il Vito fu sciolto dalla sua detenzione per mandato che il sig. Amodini emise tre giorni dopo le risoluzioni del Regio Procuratore.

«A questo punto cominciò il Palazzolo a frequentare in Favarotta la casa del Bommarito, ove, invece di amore nella ambita sposa, trovava segni apparenti di ripugnanza nella giovane tredicenne, cui il sangue dei propri parenti e gli attentati alla vita del padre non potevano destarle simpatia per la famiglia che rivaleggiò con la sua. E qui i genitori, dolenti della freddezza colla quale essa rispondeva alle tenerezze dello sposo, cercavano di abbonirne l'animo esasperato e, per amore alla pace della propria famiglia, la scongiuravano e può intendersi con quanta mala voglia, a volere amare il Palazzolo; ma invano: la giovane non poteva sentire per lo impostole fidanzato, e respingeva gli assidui consigli che tendevano a renderle caro l'uomo che aborriva. In questo tempo i Bommarito e i Palazzolo contribuivano uniti a fare dei doni al signor Serpi, cui si spedivano per mano del promesso sposo che ne assumeva il mandato. Non istette molto ad avvedersi il Palazzolo della impossibilità di essere amato dalla Annetta Bommarito e, mossane lagnanza ai di lei parenti, corse a Palermo. Due giorni dopo la di lui partenza il Serpi scrisse al padre della giovane la seguente lettera:

«"Per un affare importantissimo che riguarda direttamente lei e i suoi parenti, è necessario che, al ricevere la presente, si rechi in questa da me. Se ritardasse altri cinque giorni si potrebbero verificare delle cose disgustose. – Palermo 6 agosto 1863". Ricevuta appena questa lettera, Vito Bommarito partí da Favarotta ed arrivò la dimani alla presenza del Serpi, ove ebbe presso a poco a sentire le seguenti parole:

«"Sapete voi che dovete a me la vostra libertà? Sapete che ho fatto io finire il processo? E che io sono responsabile in faccia al governo del matrimonio di vostra figlia? Voi avete impegnato con me una parola dalla quale non potete rivenire, intanto voi e vostra moglie avete dissuaso vostra figlia a sposare".

«E, alle risposte del Bommarito che asseriva come spontanea la ripugnanza della sua figlia a sposare il Palazzolo e come egli e la madre non avessero risparmiato opera per indurvela, il Serpi rispondeva: "Ma badate che può entrare nelle conseguenze di questo diniego che si ripiglino i processi per mia opera sospesi". A queste minacce il povero padre rispondeva che avrebbe portato la ragazza alla presenza del generale per vedere se la di lui autorità avesse potuto indurvela ed il Serpi, accettando questo partito rispondeva: "Ebbene portatela presto in Palermo colla madre". E il Bommarito appena dopo otto giorni recava alla di lui presenza questa vittima sciagurata. E il Serpi, vedendola, cominciò dal vantare le bellezze del promesso sposo, dal magnificarne le qualità politiche e morali, dal prometterle protezione ed altro e poi che si ebbe convinto che il suo panegirico non lusingava la ragazza, mutò chiave e venne alle minacce. Mostrò perduta la famiglia da nuove inquisizioni che poteva salvare lei sola coll'assentimento al proposto matrimonio.

«A questo la ragazza scoppiò in un pianto dirotto, ma non perciò si astenne dalle perseveranti parole che mostravano la sua decisa renitenza a sposare. "È bello il Palazzolo, essa diceva, pel signor Generale, ma non per me: io non posso amarlo". Ma di questo non commosso il Serpi, l'accomiatò dicendo ai genitori: "Portatela altra volta domani alla mia presenza, dopo che essa avrà meglio pensato questa notte al partito da prendere".

E la dimani il generale tornò all'opera e la giovane a maggiori torture, a pianto piú dirotto da muovere il padre ad una escandescenza della quale ecco le parole: "Ma Dio! Per far finire un processo ci deve andare di mezzo questa vittima? Ma vuole il generale che io parta? Che io venda i miei beni? Che mi uccida?". A queste parole il Serpi, rivolto alla madre, riprese: "Non credevo di essere burlato da una femminuccia, ma ve ne pentirete e se verrete per qualsiasi circostanza a picchiare la mia porta la troverete chiusa. Vi pentirete di avere dissuasa la vostra figlia dal contrarre il matrimonio da me proposto". E qui nuovo pianto della giovane e nuove escandescenze del padre, alle quali il Serpi diè termine accomiatandoli. E il Bommarito, per soddisfare le brame del generale, pose la figlia al Collegio di Maria della Maggiore, ove è stata da circa un mese. Ma di ciò non pago il Serpi, dicesi, ma non lo garentiamo, presentò un foglio di lume al procuratore regio signor Sismonda perché fosse ripristinato il processo contro i Bommarito, e veniamo assicurati che l'integro magistrato lo accolse con non lieve ripugnanza. A questo punto, mentre si esercitavano in tutta l'isola misure di forza a raccogliere renitenti di leva, arrivava il giorno 21 da Capaci una colonna militare del 19° Fanteria di linea a circondare il Comune di Favarotta, dove non erano renitenti, perché tutti presentati spontaneamente, e non erano indiziati di reati comuni che quattro dei quali era saputo che uno si trovava a Roma e tre altri latitanti in lontani paesi. Non appena arrivata la truppa, fu stretto d'assedio quel Comune ed arrestate Grazia Norello in Bommarito moglie di Vito, incinta di otto mesi e madre della ragazza; Laura Maniscalco madre di Vito Bommarito, Ninfa Madonia moglie di Rosario Bommarito figlio di Vito; Giuseppa Serra moglie di Luigi Bommarito fratello di Vito; Grazia Ventimiglia moglie di Gioacchino Ventimiglia amico di Bommarito; Salvatore Bommarito fratello dei suddetti Vito e Ciro e Candito Comito testimone a favore di Bommarito nel processo espletato di cui è parola di sopra.

«Dopo questi arresti il colonnello fece chiamare in Capaci il giudice supplente di Favarotta Vito Di Stefano cui disse che egli, il Di Stefano era la causa prima del non essere avvenuto il matrimonio della figlia del Bommarito e che però cooperasse a fare che non avesse piú ritardo il compimento di queste nozze. Il Giudice dimostrava come non avesse alcuna ragione di ostacolare queste relazioni delle quali potevano essere arbitri solo i genitori della giovane. Ciò inteso, il colonnello si partiva per Favarotta ove, fatta scarcerare la Grazia, madre della ragazza e fattala venire alla di lui presenza, la spingeva a cooperare per dare una riparazione al generale Serpi, cui si era fatta una burla assentendo ad un matrimonio che non aveva ancora avuto effetto; e poiché la povera donna diceva di non avervi avuto alcuna influenza, né di potervela avere, egli chiese del di lei marito al quale, perché lontano dal Comune, mandò un salvacondotto.

«E Vito Bommarito venne per tal modo alla presenza del Colonnello ove ebbe a sentire il seguente discorso il quale, ripetiamo, è incredibile: ma tanto vero da poterlo provare con testimoni: "Io son qui venuto, ci diceva, espressamente per fare effettuare il matrimonio di vostra figlia con Pietro Palazzolo, ed ho disposizioni tremende per raggiungere lo scopo"; ma poiché il padre ebbe risposto che nulla avea potuto sin allora per indurvi la figlia, che essa era in monastero a Palermo e che sarebbe stato lieto se qualcuno avesse potuto persuaderla, riunì subito una commissione composta del Giudice supplente, del Notaro Giovan Battista Cataldi, del Cancelliere Gaspare Madonia, di Ciro Bommarito, zio della ragazza ed Angela Brandaleone nonna della stessa, la quale fu spedita in Palermo con mandato espresso in queste parole: "Andate a persuadere la giovane, e badate di tornare al piú presto possibile con la di lei adesione; se no ho tante manette da ammanettare tre famiglie".

«Cosí spaventata partí la commissione, e all'ora istessa venivano in Terrasini escarcerate le altre donne ch'erano in prigione.

«Non appena arrivava in Palermo la commissione facevasi alla casa del signor Giuseppe Bruno Giordano cui la Bommarito era raccomandata, per ottenere una facilitazione a parlarle e la ottenne; ma poiché si voleva averla consegnata dall'Abbadessa del monastero per trasferirla in Favarotta, e questa si negava ad assentirvi, per la ostinazione ed il pianto della giovane, la quale diceva preferir la morte al vedersi forzata a contrarre matrimonio cui non avrebbe mai aderito, la Commissione cercò di ottenere dallo arcivescovo l'ordine di consegna; e, poiché questi non fu rinvenuto, per mezzo del dott. Pietro Cervello, essa fu presentata al vicario di lui zio, il quale, alla presenza del canonico Polito, curatore del collegio, ov'era la ragazza rinchiusa, del sacerdote Colombo, cappellano del detto monastero e di Giuseppe Bruno Giordano, intesa la pietosa ed orribile storia della violenza che si voleva usare sul paese e su di loro se non portavano la giovane alla presenza del colonnello, aderì alla richiesta, delegando al Colombo di invitare l'Abbadessa a consegnare la Bommarito allo zio e alla nonna che erano tra i componenti la commissione. E così fu fatto; la povera giovinetta per tal modo veniva strappata dalle braccia della superiora del collegio in un'onda di lagrime e, quasi per forza trasportata a Favarotta.

«Il colonnello la attendeva in Capaci, dove la ricevè alla presenza del delegato Selvaggio. Fu una scena straziante; la giovane prostrata ai piedi di quell'ufficiale, ruppe in lagrime, scongiurandolo di non volerla cosí sacrificare ad un uomo che essa non potea amare, a voler sostare dallo inseverire contro i di lei parenti i quali non avevano che il dolore della sua ostinazione e il delitto di averla generata.

«Queste parole commossero l'animo del militare il quale disse alla commissione di restituirla in famiglia, ingiungendo a non volerla piú tormentare ed a volere lasciare al tempo l'ottenere in lei la convinzione dell'utilità di quel matrimonio. E la giovane fu portata in Favarotta da dove oggi è ritornata in monastero.

«Questo fatto seppe in Palermo il generale Govone e, lo diciamo ammirati, vi provvide subito e convenientemente.

«Mandò una staffetta a Favarotta per domandare conto al colonnello della di lui condotta su quanto concerne l'ultimo periodo della storia sopracennata; ordinandogli di non intromettersi per nulla in affari di matrimonio e di dichiarare alle famiglie degli arrestati questa sua volontà. Non sappiamo quale riscontro abbia avuto questa lettera; ma da parte del Govone fu, con essa, fatta un'azione legale e degna di militare di onore.

«Omettiamo i nostri commenti a questa iliade di sventura che ha patito la povera famiglia Bommarito, essi sorgono spontanei al cuore di quanti dei nostri lettori hanno senso allo strazio della innocenza ed odio alla funesta libidine dei prepotenti».

Altro fatto si accennò in forma generale poco prima ed è il seguente: un disgraziato operaio, Antonio Cappello, era sordomuto. Le autorità militari volendone fare assolutamente un soldato, ritennero che il sordomutismo fosse simulato e lo sottoposero alla tortura... per farlo parlare!

Ciò che soffri il Cappello si rileva dalla iscrizione, che si legge dietro la fotografia del Cappello, che ad opera di un Comitato presieduto dall'avv. Antonio Morvillo venne fatta e venduta a decine di migliaia di copie a benefizio della vittima. La fotografia mostrava le piaghe fatte sul corpo del Cappello e l'iscrizione eloquente era questa:

DELLE

CENTO CINQUANTAQUATTRO

BRUCIATURE DI FERRO ROVENTE

VOLUTE DIRE

REVULSIVI SUPERFICIALI VOLANTI

DA CHI

NELL'OSPEDALE MILITARE DI PALERMO

NE STRAZIAVA

L'OPERAIO ANTONIO CAPPELLO

OSTINANDOSI

A NON CREDERLO SORDOMUTO

QUANDO TALE SIN DALLA NASCITA

A TUTTI ERA NOTO

DURI ETERNO RICORDO

QUESTA FOTOGRAFIA DAL NATURALE

QUATTRO MESI DOPO RITRATTA

A TESTIMONIO

DELLA PERTINACE IMMANITA' DELL'ATTO

DELLA COSCIENZA CHE NE MOSSE QUERELA

E PERCHÈ IL MONDO CONOSCA

CHE NEL 1863

ERANO I BARBARI QUI

Palermo, 20 gennaio 1864

Il caso del sordomuto Cappello e l'atto del generale Serpi sono semplicemente gl'indici della condotta dei settentrionali venuti ad incivilire la Sicilia!

Perciò il Cordova ex ministro del Re d'Italia, non esita nel citato discorso a denunziare – dopo avere ricacciato in gola al generale Govone l'insulto lanciato alla Sicilia – la inciviltà dei militari e stigmatizza fieramente un governo, «che crede di potersi reggere colla violenza cingendo di cordoni militari le città, privandole dell'acqua, vietando l'uso libero dei diritti cittadini».

E nella stessa seduta del 9 dicembre 1893 il deputato Laporta deplorò la impunità assicurata ai carabinieri, che commettevano reati; impunità, che produceva reazione.

In questa impunità dei reali carabinieri, che commettevano reati e nel ricordo della tortura inflitta ad un povero operaio e nel sospettato assassinio del Corrao deve trovarsi la ragione dell'odio che nei dintorni di Palermo divenne generale contro i Reali Carabinieri e che esplose selvaggiamente durante la insurrezione del 1866.

Dell'uguaglianza innanzi alla legge e della indipendenza della magistratura, poco dopo la caccia data ai renitenti, gli italiani si formarono un concetto adeguato nell'appendice al processo dei pugnalatori. Furono arrestati e perquisiti per ordine delle autorità giudiziarie alcuni membri dell'alta aristocrazia; ma un ordine venuto da Torino fece sospendere la continuazione del processo! In Palermo l'autorità politica era rappresentata dal conte di Monali; era procuratore generale il conte di Castellamonte. Quest'ultimo sdegnato della indebita ingerenza del governo si dimise! Si cominciava bene...

Se l'azione del governo italiano fu tale da rinforzare anziché un autorevole ministro della monarchia, il Cordova – lo spirito che generò la mafia, la diffidenza sistematica contro i poteri pubblici; lo stesso governo italiano agì in guisa da favorire direttamente lo sviluppo della mafia. Calunnio forse? No; riproduco ciò che l'on. Depretis riferiva nel citato discorso dell'11 giugno 1875. Egli spigolò nell'Inchiesta del 1867 le seguenti parole: «Un altro personaggio dice: "La questura venne a transazioni colla mafia ed i suoi componenti". Cosí altre dichiarazioni nello stesso senso di cui faccio grazia alla Camera. E le stesse dichiarazioni nello stesso tempo e molto piú chiare da parecchie onorevoli persone che furono smentite dalla Commissione. Ne leggerò alcune. Sentite questa:

«"Causa dei mali della Sicilia è il malgoverno dei Borboni, la polizia di Maniscalco, sistema demoralizzatore". E sapete che cosa era la polizia di Maniscalco? "Sotto Maniscalco i ladri di città erano guardie di Pubblica Sicurezza, i ladri di campagna compagni d'armi. Dopo il 1860 le tradizioni di quel sistema perdurarono".

«Quanto alla mafia si è adottato un sistema disonesto e fallace; per arrestare un assassino si fecero commettere due assassinii ed anche tre».

Tutto questo si legge a pagina 1109 degli atti Parlamentari (Sessione 187475), e tutto questo dimostra, che il SISTEMA, che venne poi terribilmente illustrato dall'on. Tajani, vigeva in Sicilia prima che egli assumesse la procura generale di Palermo.

La protesta fiera di Filippo Cordova dopo dodici anni trovò una eco in Parlamento nel succennato discorso pronunciato da Diego Tajani, che fu piú tardi ministro di Grazia e Giustizia. Egli riassume l'opera del governo, dal 1860 al 1866, constatando che esso ora fu fiacco, ora violento; che offese la Sicilia operando i modi peggiori, negandole sempre giustizia e dandole cosí poco che ciò che le fu dato, se si guarda a ciò che le fu negato, assume le proporzioni dell'ironia.

E soggiunse: «Dal 1860 al 1866 fu un continuo offendere abitudini secolari, tradizioni secolari, suscettibilità anche puntigliose, se vuolsi, di popolazioni vivaci, espansive e che erano disposte a ricambiare con un tesoro di affetti un governo, che avesse saputo studiarle e conoscerle... alla Sicilia è stata aperta la via ad ogni maniera di arricchire, se si voglia, ma le si è spianata la via verso la propria corruzione. Le si è imbellettato il viso, lasciate che io lo dica, ma le si è insozzata l'anima!» (Discorso alla Camera, 11 giugno 1875).

Ci vuole poca intelligenza ad indovinare che questi inizi del governo italiano dovevano condurre a risultati disastrosi. Infatti resero odiosi o antipatici alle popolazioni i settentrionali in generale e resero piú che mai forte il regno della mafia: della mafia ch'era uscita rinvigorita dai moti del 1860, come dissi, per l'aureola di patriottismo e di liberalismo acquistatasi battendosi valorosamente sotto gli ordini di Garibaldi.

I risultati politici collettivi non tardarono a vedersi: si riassumono nella insurrezione anonima di Palermo in settembre 1866, nella quale caddero piú cittadini, che non nelle precedenti insurrezioni contro i Borboni; insurrezione provocata da un questore imprudente e nella quale ebbe parte principalissima la mafia, che nell'animo delle masse guadagnò anziché perdere, colle persecuzioni cui fu fatta segno e trovò nuovo alimento nel generale disgusto che suscitava il governo italiano.

Senza parlare della questione tributaria, che rese subito inviso a tutti il nuovo regime; senza parlare della ripercussione che produsse nell'animo di tutti la guerra infelice del 1866 e poi Mentana e poi gli scandali della Regia cointeressata dei tabacchi e poi il processo Lobbia e poi cento altre vergogne, dopo la insurrezione di Palermo del 1866 il Tajani cosí descrive l'azione civile del governo in Sicilia: «Dopo la rivolta vi fu un diluvio di disposizioni cozzanti fra loro; vennero i tribunali militari, i quali fecero sterminato numero di processi e quando la posizione era compromessa e che la giustizia dei tribunali civili doveva riuscire difficilissima, se non impossibile, si annullarono ad un tratto i tribunali militari ed i tribunali civili ne rimasero imbarazzati; e cosí ne rimase esautorata la giustizia militare e la giustizia civile!».

Dunque all'indomani dell'insurrezione del 1866 in Palermo e in gran parte della Sicilia ci troviamo colla mafia potente e colla giustizia civile e militare esautorate. È la confessione di un alto Magistrato!

Era facile prevedere che anche i funzionari intelligenti e bene intenzionati – lo furono i prefetti Gerra, Zini, Rasponi, ecc. – dovevano riuscire impotenti a modificare rapidamente uno stato di cose anormale, perché circondati dalla diffidenza e dall'odio delle masse; non assecondanti dalle inerti ed egoistiche classi dirigenti. Rimanevano isolati, assolutamente impotenti.

Il governo, intanto, volle rapidamente trasformare l'ambiente e per distrurre il male da esso stesso fatto, immemore della sentenza del ministro Cordova che dichiarava inadatti i militari al governo civile, mandò in Sicilia il generale Medici, armato in fatto, se non legalmente, di pieni poteri. Mandò un generale, che per restaurare l'imperio della legge violò tutte le leggi; che per restituire la fiducia nella giustizia affidossi all'iniquità!

Per descrivere il periodo del regime militare sotto il generale Medici lo storico dovrebbe essere raddoppiato dall'artista; ma se manca lo storico artista, ci sono i fatti che colla loro eloquenza mettono alla gogna il governo italiano; c'è infine la parola tagliente e fredda del magistrato; quella del procuratore generale Tajani.

Questo magistrato mandato da Catanzaro a Palermo nel 1868 si accorse subito che i suoi dipendenti e le autorità di pubblica sicurezza seguivano metodi non solo inadatti e contrari al buon funzionamento della giustizia, ma addirittura criminosi e che dovevano aggravare terribilmente il perturbamento morale della regione. Egli del male constatato ne avvertì il ministro guardasigilli in ottobre 1869, come si apprese dalle lettere da lui scritte e di cui dette lettura nella Camera dei Deputati nei suoi memorabili discorsi delli 11 e 12 giugno 1875.

Si vedrà che i ministri furono conniventi coi delinquenti. Intanto arrivò il momento in cui il procuratore generale Tajani dovette iniziare procedimento penale per omicidi ed altri reati contro il Questore di Palermo, che aveva agito sempre di pieno accordo col prefetto, generale Medici. D'onde un grave conflitto tra la suprema autorità giudiziaria e le autorità politiche; nel quale il governo centrale prese le parti delle seconde e Tajani fieramente si dimise e nel Pungolo di Napoli sul finire del 1873 denunziò le infamie e le scelleratezze, che due anni dopo, nella discussione sui provvedimenti eccezionali per la Sicilia espose più dettagliatamente.

Ciò che si sa dai giornali, dall'Inchiesta del 1867 e dai discorsi di Cordova e di Depretis è un nonnulla di fronte alle rivelazioni fatte da Tajani nella Camera dei Deputati nel 1875. Queste sole rivelazioni basterebbero a spiegare il piú profondo disprezzo che si doveva sentire pel governo e la connipotenza della mafia. Esse sole bastano a lavare l'onta che si vorrebbe gettare sulla Sicilia ed a riversarla sul vero responsabile: sul governo italiano. È mio dovere riassumerle in parte e riprodurle integralmente tal'altra.

La tremenda requisitoria contro il governo italiano incominciò il giorno 11 giugno; fu interrotta per un tumulto che provocarono le proteste vivaci di Giovanni Lanza e terminò il giorno 12. Quella requisitoria condusse alla nomina di un'inchiesta parlamentare – di cui, come si sa, fu poi relatore onesto il Bonfadini – e seppellì il disegno di legge sui provvedimenti eccezionali.

Diego Tajani sin da principio fa sapere alla Camera che la questura creò di sana pianta nel 1868 la cospirazione borbonica di Abbadessa, e l'altra cospirazione dei cattolici contro i protestanti in Termini Imerese.

Poi s'intrattiene sul questore di Palermo che nel 1869 ad un mafioso pone questo dilemma: o entrare nelle guardie di pubblica sicurezza o partire pel domicilio coatto!

Il mafioso prega e scongiura che lo si lasci tranquillo e quando vede inutili le preghiere cerca sfuggire al dilemma pugnalando il Questore.

La Questura chiudeva non due, ma quattro occhi sopra un certo Marini, che le denunziò l'arrivo di Mazzini in Palermo nel 1870; e il Marini se ne giovava dandosi impunemente al malfare.

Quello che fosse la Questura di Palermo, poi, il Tajani fece meglio risultare ricordando che per molto tempo erano rimasti impuniti gli audacissimi furti presso la cancelleria della Corte di Appello, in casa della duchessa di Beauffremont, della contessa Tasca, al Monte di Pietà, al Museo... Ma un bel giorno una donna denunzia un certo Sebastiano Ciotti, se ne perquisisce la casa e si rinvengono molti degli oggetti derubati.

Chi era Ciotti? Un graduato delle guardie di Pubblica sicurezza, applicato al gabinetto del Questore!

Il Tajani continua nello stesso giorno 11; e qui riproduco integralmente dagli Atti parlamentari:

«Ieri l'on. Pisanelli nel far la breve esposizione del suo emendamento, disse con le parole eloquenti, a lui cosí ordinarie, come non si potesse negare che nei dintorni di Palermo vi sono dei paeselli pieni di mafiosi, che circondano quella città; quasi corona di spine.

Veramente le campagne di Monreale non erano le piú sicure del mondo, anzi erano insicurissime ai miei tempi.

«Ebbene cosa si fece on. Guardasigilli?

«Si chiamarono le spine, le piú grosse di Monreale. Queste spine piú grosse erano sei, tutta gente coperta di delitti; tuttavia ad uno di essi si dette il grado di comandante le guardie campestri, al secondo si dette il grado di comandante di una specie di guardia nazionale suburbana, ed agli altri quattro mafiosi si diede quello di capitani della guardia nazionale. (Ilarità).

«Erano tutti mafiosi ed uniti insieme formavano una bella compagnia di armati.

«È qualche cosa d'incredibile, ma ve lo assicuro sotto la garanzia del mio onore oltre ai documenti. Quasi tutti i misfatti che accadevano nelle campagne di Monreale accadevano o colla loro complicità o col loro permesso.

«Queste compagnie erano accampate nelle campagne; avevano delle casine. Ed un funzionario giudiziario ch'era stato, quattro anni colà, in un suo rapporto proruppe in questa esclamazione: qui si ruba, si uccide, si grassa; tutto in nome del reale governo (sensazione).

«Non passava settimana che non si trovasse un cadavere; si procedeva e la sicurezza pubblica metteva innanzi all'autorità giudiziaria o l'inerzia assoluta o impedimenti. Talvolta l'ucciso era un mafioso di seconda mano, talvolta un principale offeso.

«Quando le cose prendevano un aspetto allarmante, la questura chiamava questi caporioni e diceva: ebbene, il troppo è troppo, mantenete le vostre promesse.

«Allora si passava la parola e si faceva un po' di tregua e poi arrestavano una cinquantina di mafiosi d'ultima mano e li costituivano come capri espiatori di tutti i delitti gravi che avevano essi stessi perpetrati e l'autorità giudiziaria doveva sottostare al compito ingratissimo d'iniziare tanti processi, dopo i quali si dovevano mettere in libertà gli arrestati. Allora si esclamava: ma come volete che manteniamo la pubblica sicurezza se l'autorità giudiziaria libera tutti quelli, che arrestiamo!

«Un uomo, del quale non dirò il nome, ma che è ben noto all'on. Rasponi, un brigadiere delle guardie campestri, si è arricchito accampandosi in altre campagne, mettendo imposte fondiarie, imposte di ricchezza mobile, di dazio consumo. I proprietarii dovevano pagare sul ricolto del vino ed altri, come prezzo del rimanere tranquilli e non patire ricatto!

«Un delegato di sicurezza pubblica accampato in un mandamento v'impianta la mafia, si unisce e si lega in relazioni amichevoli con noti ladri e tutti ritengono che li mandi a rubare per suo conto.

«Un delegato resosi impossibile per fatti di tale genere in un mandamento venne destinato altrove e l'autorità giudiziaria, che inquiriva in un suo rapporto assicura, ed è pur troppo vero, che quando questo delegato ebbe date tali prove della sua condotta, si promosse capo del circondario e si fa comandante provvisorio dei militi a cavallo. Ed allora che cosa fa? Sceglie quattro individui della sua comitiva, leva i cavalli agli altri. Fra questi quattro ce n'era uno o due... uno me lo ricordo certamente, condannato nientemeno che alla reclusione perpetua ossia ergastolo, sotto il governo passato, per furto accompagnato da omicidio, il quale fu fatto sotto comandante o brigadiere dei militi a cavallo. Cosí costituiti formarono una specie di associazione, mantennero rigorosamente l'ordine e preservarono dai piccoli furti il proprio circondario del quale erano responsabili, ma si unirono con una quindicina di ladri di seconda mano a rubare cavalli e buoi in tutti i circondari vicini. E talvolta avveniva che i comandanti dei militi a cavallo di colà indovinavano la traccia degli animali rubati, allora questi venivano dispersi per le campagne ed in una di queste circostanze fu anche ritenuto da tutti che il ladro spedito a consumare l'abigeato fosse stato spedito all'altro mondo, per assicurare l'eterno silenzio.

«I carabinieri erano buoni, ma esautorati.

«Ma vi è di piú. L'arme dei carabinieri non solo venne esautorata in quel modo, ma quando si azzardava a fare qualche cosa ed unirsi alla magistratura, si è arrivato sino al punto di censurarla. Udite!

«Un giorno un individuo che apparteneva all'alta crème fu accusato di omicidio in persona di un soldato e di omicidio mancato in persona di un caporale. L'autorità giudiziaria aveva fatto il suo dovere ed aveva spiccato il mandato di cattura.

«Io ho saputo che quel tale era andato nella provincia di Girgenti, a dirigere certi lavori. Allora io non sapeva neanche chi fosse e che appartenesse ad un'alta camerilla e mandai il mandato di cattura al maresciallo dei carabinieri da cui dipendeva la località.

«Dopo quattro o cinque giorni ebbi una lettera privata del Procuratore del Re il quale mi disse: voi non avete fatto passare per mio organo un mandato di cattura contro Tizio, ma lo avete mandato forse direttamente; ora io vi debbo dire che l'altra sera il mandato di cattura è stato eseguito, ma questa mattina ho saputo che l'arrestato è stato messo in libertà.

«Allora io immantinenti scrissi al maresciallo e gli dissi: cosa avete fatto del mandato di cattura? Il maresciallo mi rispose (ed esiste la sua lettera della quale credo il Ministero abbia avuto una copia) la cattura fu eseguita; ma da Girgenti è venuto un ordine del Prefetto perché si mettesse in libertà... (Atti parlamentari, p. 4133 e 4134)».

A questo punto Giovanni Lanza domanda la parola; avviene un tumulto, si sospende ed indi si scioglie la seduta.

Diego Tajani ricomincia la requisitoria il giorno 12 giugno, (Atti parlamentari p. 4138 e seg.). Egli sin dalle prime fa apprendere alla Camera una gustosa circostanza: a difesa del prefetto di Girgenti interviene l'autorità militare; il generale Masi va da Tajani e gli dice: SIAMO STATI NOI!

E viene al clou della requisitoria:

«Il processo a carico del Questore di Palermo terminò con una sentenza della sezione di accusa col non luogo a procedere per l'insufficienza d'indizi.

«L'on. Guardasigilli ha letto o leggerà quella sentenza e mi farà la giustizia di dire che vi hanno delle sentenze di assoluzione che valgono peggio di una sentenza di condanna.

«Il Guardasigilli mi farà l'onore di non contraddirmi e potrà rilevare quando avrà comodo di leggere quel documento, come vi erano ivi sette accusati nella prima parte; un mandante e sei mandatari; che per il mandante si disse esservi insufficienza d'indizii; per i sei mandatarii si disse essere la reità provata, ma che solamente per una difficoltà della procedura la sezione di accusa della Corte di appello si credette inabilitata a rinviarli alla Assise».

(Il mandante, è bene lo ricordino gli italiani, era il Questore di Palermo – sotto la protezione del generale Medici – e i reati di cui erano accusati percorrevano tutta la gamma del Codice penale!).

Fu questa assoluzione del Questore e fu il contegno del governo centrale evidentemente favorevole all'alto accusato, che determinò le dimissioni del Tajani.

Ma si apprende dell'altro dalla sua bocca:

«A poca distanza da Palermo, egli continua, due mafiosi accusati di stupro e di mancato omicidio nella persona del padre della vittima vennero messi fuori carcere e forniti di un salvacondotto. I mafiosi si servirono del salvacondotto per recarsi dinanzi alla casa dove erano gli offesi, dov'era la stuprata ed ancora nel letto ferito il padre di essa. La donna ch'era madre e moglie rispettata degli offesi coi capelli scarmigliati uscì fuori per il paese gridando ad alta voce che oramai non vi era piú giustizia, che si cacciavano i carcerati dalle prigioni, perché andassero ad insultare le vittime sulla soglia della propria casa (segni d'indignazione a sinistra).

«Mi si è fatto un telegramma; il sindaco del paese mandò a chiamare i reali carabinieri e questi hanno fatto il loro dovere, catturandoli.

«Il piú grave fu questo che il Sottoprefetto di Termini li fece porre in libertà; e che per un momento si vagheggiò pure la pretesa che i reali carabinieri, i soli che avessero agito in perfetta legalità, venissero puniti!

«In un altro processo contro un certo Lombardi (1871), dell'alta mafia, la polizia fa di tutto per salvarlo dall'accusa di omicidio ed accusa un innocente giovane a 17 anni a nome Tamajo. Nell'incartamento di questo processo esiste una lettera gravissima del Presidente della Corte di Assise, dalla quale risulta che egli era indignato nel vedere come una schiera di delegati di pubblica sicurezza si fossero prestati a procurare un alibi falso a discolpa dell'accusato».

E allontanatosi da Palermo il Tajani continuarono le cose per la stessa china; tanto che il suo successore nel discorso inaugurale del 1874 fa una tremenda requisitoria contro la pubblica sicurezza, «che era protettrice dei volgari delinquenti».

Il grave in tutto questo è che non si tratta di casi isolati. No; il Tajani in una lettera al ministro Guardasigilli (25 novembre 1869) lo avverte: «i fatti che ho riferiti e gli altri che potrò riferire non sono fatti isolati, ma sono conseguenze di un sistema nel quale la morale e la giustizia non entrano in grandi dosi... ».

Poteva dire che non entravano né in grande, né in piccola dose e che fossero la negazione della giustizia. C'era ancora di peggio: questo sistema senza giustizia non si esplicava soltanto in Sicilia, ma aveva i suoi complici nel governo centrale a Firenze e poi a Roma.

Infatti non solo sappiamo che nel processo contro il questore di Palermo il contegno del ministero fu tale da costringere il Tajani a dimettersi ma si apprende che il governo voleva assolutamente l'impunità dei funzionari come si rileva da queste lettere scambiatesi tra procuratore generale e ministro di Grazia e Giustizia a proposito della liberazione dell'accusato dell'alta crème ordinata dal generale Masi e per lui dal prefetto di Girgenti di cui si fece cenno.

Il procuratore generale scriveva: «L'autorità giudiziaria di questo distretto ben molte concessioni fa all'autorità politica e attingendo di continuo nel proprio patriottismo quella prudenza tanto necessaria in luoghi e tempi eccezionali, ha tollerato assai. Ma la tolleranza non sarebbe ora una colpa?

«In molti luoghi l'autorità politica si è messa su di una brutta china in fatto di arbitri; ma almeno scusa di tale contegno era la necessità dell'ordine nelle città e nelle campagne; ma ora dove andiamo? Quale scusa, quale spiegazione si darà al fatto dell'ordinata evasione di una persona del ceto civile, catturata per regolare mandato?

«Il ministro intanto converrà meco che il silenzio non può serbarsi di fronte a questi scandali, e che tanto l'interesse della giustizia, quanto il prestigio ed il decoro dell'autorità giudiziaria, esigono una riparazione forse anche un'inchiesta. Ma è dover mio non passare oltre senza prima chiedere le superiori direzioni dell'E. V. che spero vedermi giungere al piú presto». Il Guardasigilli, in data 31 ottobre 1869, risponde che si è rivolto al ministro dell'Interno; ma in data 27 novembre chiuse l'incidente con questa lettera edificantissima:

«In relazione alle note di cotesto generale ufficio, del 25 decorso e 5 e 6 novembre corrente, mi pregio parteciparle che chiesti schiarimenti al Ministro dell'Interno, relativamente all'operato del signor Prefetto di Girgenti, questi mentre è di parere che non sia il caso di un provvedimento qualunque di punizione, assicura che farà a quel funzionario serie rimostranze, onde un simile procedimento non si rinnovi».

Né al Tajani sfuggirono le conseguenze del sistema. Egli nel porre termine al suo discorso del 12 giugno segnalava questi insegnamenti, che scaturivano dai fatti esaminati:

«Il primo insegnamento è questo: che la mafia, che esiste in Sicilia non è pericolosa, non è invincibile per sé, MA PERCHÈ È STRUMENTO DI GOVERNO LOCALE. Questa è la prima verità incontrastabile.

«Dippiú, come volete che quando una parte di quei ceffi rappresenta la forza pubblica, come volete che tutti i cittadini siano degli eroi, ed abbiano la forza, il carattere, il coraggio civile di deporre con piena libertà, quando sanno che questa giustizia è in una certa sua parte almeno, nella parte esecutiva rappresentata da coloro che per i primi dovrebbero essere colpiti?

«L'altro insegnamento è questo: che le leggi non funzionano completamente per la mancanza di fiducia degli amministrati dell'amministrazione!».

Fu santa, quindi, l'indignazione di Diego Tajani, che in Parlamento dopo avere svelato tante turpitudini dei funzionari di pubblica sicurezza ed anche dei magistrati conchiuse: «Bisogna persuadersi che in Sicilia quel che manca oggi è un'idea esatta della parola governo. Bisogna ricostituirla di aureola imponente, perché se non si comincia da questo, non si farà mai nulla... ». Lo stato della Sicilia, poi, sintetizzò in questa terribile apostrofe: «Noi abbiamo colà le leggi ordinarie derise, le istituzioni un'ironia, la corruzione dappertutto, il favore la regola, la giustizia l'eccezione, il delitto intronizzato nel luogo della pubblica tutela, i rei fatti giudici, giudici fatti rei ed una corte di mali interessati fatti arbitri della libertà, dell'onore, della vita dei cittadini. Dio immortale! Che cosa è mai questo se non il caos? Che cosa è mai questo se non il peggiore dei mali; l'ANARCHIA DI GOVERNO innanzi alla quale cento briganti di piú e cento crimini di piú sono un nonnulla e si scolorano?».

Questa è la voce dell'ultimo magistrato italiano, che abbia sentito tutta l'altezza della missione della magistratura; e da lui che aveva amministrato la giustizia in Sicilia abbiamo appreso che per vincere la mafia si aveva organizzato il peggiore dei mali: l'anarchia di governo!

Sotto i Borboni a tanto non si era discesi; mancava la libertà; mancava spesso la giustizia; ma nessuno poteva dire che si era arrivati all'anarchia di governo!

L'anarchia di governo giustificò il governo Negazione di Dio; il governo italiano riabilitò la mafia, che dovevasi distrurre. D'allora in poi non pochi si domandarono se tra i due non fosse meglio accordare la fiducia alla mafia anzichè al governo... Ed ora mentre scrivo, i proprietari di una buona parte della provincia di Palermo la pensano a questo modo e per avere sicuri i beni e la vita pagano volentieri un tributo annuo... al brigante Gandino, che vive da signore facendo le fiche alla giustizia del Regno d'Italia!

La Camera dei Deputati – oh! quanto diversa da quella di adesso sotto la Destra! – perciò fece bene a negare nel 1875 le leggi eccezionali per la Sicilia al governo, che aveva creato una situazione intollerabile e disonorevole per qualunque società civile; ordinò invece una inchiesta parlamentare che condusse alla importante relazione Bonfadini.

Dopo la tremenda requisitoria di Tajani e la nomina della Commissione d'inchiesta parlamentare, avvenne la cosidetta rivoluzione parlamentare del 18 marzo 1876 e coll'arrivo della Sinistra al potere cominciò la degenerazione della mafia, la generalizzazione del suo spirito, la catastrofe morale della rappresentanza della Sicilia e del Mezzogiorno, l'asservimento incondizionato di queste regioni al governo ed ai suoi rappresentanti...

VII

Tra le conseguenze della cosidetta rivoluzione parlamentare del 18 marzo 1876, che balzò dal governo la destra per insediarvi il partito di sinistra, che dicevasi piú democratico e piú liberale, la meno che a prima vista si riesce a comprendere è l'asservimento generale della Sicilia e del Mezzogiorno al governo. Molti non si sanno spiegare perché lo stesso partito e gli stessi metodi e criteri di governo non dettero gli identici risultati nell'Italia Centrale e Settentrionale. Eppure questo fenomeno politico importante, che si ripercuote maleficamente sul testo della vita politica e morale non è difficile ad intendersi se si pon mente ai precedenti storici remoti e recenti.

In Sicilia e nel Mezzogiorno da oltre venti secoli, salvo brevi e parziali interruzioni, si ebbe sino al 1860 la monarchia assoluta, insufficientemente temperata nell'isola dal vecchio Parlamento. Gli abitanti erano abituati alla servitú; il servilismo era divenuto carattere etnico predominante rinvigorito dalla lunghissima, continuata, ininterrotta trasmissione ereditaria.

La rivoluzione che cacciò i Borboni e inaugurò il regime rappresentativo trovò le masse del Mezzogiorno e della Sicilia assolutamente impreparate, per mancanza di educazione politica e di cultura intellettuale e morale, all'esercizio dei diritti di liberi cittadini, all'uso delle pubbliche libertà con un governo parlamentare. Si aggiunga che il carattere dei Siciliani a causa delle frequenti rivoluzioni e conquiste che li fecero passare da un dominio all'altro non potè essere formato e consolidato per mezzo dell'ereditismo; donde una certa inconsistenza e mutabilità; come osservò il prof. Arcoleo nella conferenza sulla Civiltà in Sicilia; in fondo nel carattere rimase sempre il servilismo come nota principale.

Ciò nonostante per molti anni – dal 1860 al 1876 – in Sicilia e nel Mezzogiorno la vita politica nel rapporto elettorale si svolse abbastanza normalmente e con un indirizzo che sembra in contraddizione con l'osservazione biopsicologica precedente.

Siciliani e meridionali, invero, anzichè mostrarsi servili dettero prova di fierezza e di indipendenza, eleggendo a deputati in grande maggioranza gli uomini di opposizione della Sinistra piú o meno democratica.

Il fenomeno, in apparenza strano, fu dovuto all'ascendente incontrastato che gli uomini di Sinistra esercitavano sulle masse, che in un primo slancio avevano sentito il bisogno di libertà e che nei primi tempi di entusiasmo parteciparono – come è avvenuto dappertutto e sempre – alla vita pubblica con molto disinteresse e con nobiltà di intendimenti. Gli uomini di Sinistra esercitavano sulle masse un preponderante ascendente per diversi motivi: il loro programma era quello di Giuseppe Garibaldi, il liberatore della Sicilia e del Mezzogiorno, l'uomo leggendario dal fascino irresistibile; essi erano circondati dall'aureola del martirio e del patriottismo per le condanne e per le persecuzioni subite sotto il governo dei Borboni; molti di essi nel lungo esilio passato in Toscana, in Piemonte o in Inghilterra avevano acquistato una certa coltura ed una educazione politica, che mancava ai loro concittadini; essi, infine, dalle circostanze della loro vita erano stati fatti audaci, attivi, intraprendenti. Apparivano, dunque, e relativamente erano uomini superiori, che nelle rispettive regioni dovevano predominare.

Quando la Sinistra pervenne al potere la loro azione divenne assolutamente irresistibile; perciò quelle masse elettorali che avevano saputo opporre una vigorosa resistenza al governo, divennero strumenti e agenti docili e ciechi dello stesso governo. Ogni resistenza cessò; e chiunque conosce le teorie di Maudsley sulla piú facile scomparsa dei caratteri morali acquisiti piú recenti, completata e meglio formulata dal Sergi nella teoria della Stratificazione del carattere, senza alcuna meraviglia apprenderà, che scomparve facilmente lo strato superficiale recentissimo rappresentato dallo spirito d'indipendenza e d'iniziativa e si compí rapidamente la reversione atavica favorita straordinariamente dalle condizioni speciali degli uomini, che la determinarono. Cosí la Sinistra produsse in Sicilia e nel Mezzogiorno una trasformazione, che non potè produrre altrove: l'asservimento completo delle masse al governo.

La Sinistra non fece questo solo: affrettò la degenerazione del regime parlamentare; quella degenerazione che si era preparata nel suo seno per la lunga assenza dal potere, che l'aveva condannata ad una specie di onanismo politico e l'aveva privata di quella pratica che dà le migliori e le piú salde attitudini per ben governare.

Quando acchiappò le redini del governo era già affamata di potere, assetata di vendetta, esaurita in una opposizione infeconda; aveva molti risentimenti da sfogare ed aveva contratti molti debiti politici e morali in sedici anni di lotta contro la Destra. Non poteva pagarli, che a spese della cosa pubblica, a spese soprattutto della giustizia e della legalità. I favori e le ricompense perciò piovvero sugli amici, sui clienti, sui creditori, sotto forma d'impieghi, di concessioni di ogni genere, di onorificenze cavalleresche; agli amici che chiedevano nulla si seppe e si volle negare e quando non bastarono i favori per contentarli non si risparmiarono le prepotenze e le iniquità a danno del pubblico o a danno dei privati.

La Sinistra ch'era pervenuta al potere con una specie di cospirazione di alcova, condotta abilmente dall'ex repubblicano Nicotera, e colla defezione di un grosso nucleo della Destra, sentiva di non essere parlamentarmente salda al potere; perciò si affrettò a sciogliere la Camera e ad indire subito le nuove elezioni. Queste furono fatte senza l'ombra dello scrupolo dal ministro dello Interno Nicotera.

Aveva un obiettivo: creare una vera maggioranza di Sinistra e non potè e non volle discutere sui mezzi per raggiungerlo. La Sicilia e il Mezzogiorno gli diedero tale schiacciante maggioranza, tutta a scapito, delle qualità morali ed intellettuali degli eletti. Infatti mentre la generazione per cosí dire eroica, che aveva fatto l'Unità d'Italia, in sedici anni aveva visto diradare le proprie fila col lavorio inesorabile della morte, i nuovi venuti per rimpiazzare le perdite, non avevano avuto tempo e modo di formare la propria educazione politica, morale e intellettuale; e il governo accettò i candidati alla cieca senza esaminarne i precedenti, le condizioni, la sincerità della professione di fede.

Ogni canaglia, ogni imbecille, ogni ambizioso che aveva un certo seguito, che aveva quattrini, che aveva una qualsiasi base, come dicevasi in gergo elettorale, presentavasi come candidato di sinistra e con questa marca di bollo, che nascondeva qualunque contrabbando – specialmente quello della disonestà, della ignoranza e della infedeltà politica – chiedeva ed otteneva subito l'appoggio incondizionato del governo.

Dopo Nicotera fece le elezioni e fu capo del governo per lunghi anni il Depretis, il grande corruttore, colui che fece il Trasformismo e fu chiamato Walpole d'Italia. Cosí avvenne che molti collegi del mezzogiorno, che avevano eletto Mario, Guerrazzi, De Boni, Amari, Ferrara, Settembrini, D'Ayala, Mancini e tante altre illustrazioni della scienza, del patriottismo, del carattere vennero rappresentati da individui che a dir poco ne furono la negazione e tra i quali brillano anche gli accusati di assassinio per mandato!

In conseguenza dei criteri di governo – non nuovi del tutto perché anche la Destra li aveva seguiti, benché in misure piú modeste – della generazione della rappresentanza politica e dello asservimento – quasi direi piú esattamente; dell'addomesticamento – delle masse lo spirito generatore della mafia in Sicilia e della camorra in Napoli subí una specie di attenuazione, ma si generalizzò maggiormente e divenne un male, la cui cura ha bisogno di provvedimenti piú complessi e di maggiori insistenze, perché a tutte le condizioni anteriori generatrici dello spirito della mafia si aggiunsero le ragioni politiche ed elettorali. Lo spirito della mafia non scaturí piú esclusivamente dalle sorgenti dell'Ufficio di polizia, del principe, del latifondista, del gabelloto, del campiere, del compagno d'arme; ma su queste sorgenti s'innestò e spesso prevalse l'influenza del deputato e talora del semplice candidato, che ci tenne sempre ad essere e a dirsi governativo. L'ingiustizia, la sopraffazione, la violazione della legge fecero capo sistematicamente al deputato o al candidato governativo. Perciò complessivamente si può essere sicuri che nella intensità la mafia in Sicilia sia in sensibile diminuzione, per quanto il processo Notabartolo la illumini di sinistra luce; ma ha guadagnato in estensione nell'ambiente sociale lo spirito che generò la mafia; il disgusto, la diffidenza pel governo: l'assoluta e generale incredulità nella imparzialità dei suoi rappresentanti e di quanti con loro serbano rapporti e nella retta amministrazione della giustizia; l'universale e profonda credenza che il diritto non valga e che i deputati amici del governo possano tutto e tutti debbano tentare, naturalmente, in favore dei loro amici!

Le conseguenze dello sviluppo di questo stato dello spirito pubblico non poterono essere che gigantescamente disastrose sotto il punto di vista politico, morale e amministrativo. I buoni, i timidi si ritraggono dalla vita pubblica, i forti lottano, ma debbono subire amarezze indicibili e spesso soccombono: Mafia for ever!

Non solo questo degenerato regime politico generalizza e consolida lo spirito generatore della mafia; ma spesso si esplica direttamente colla mafia e per la mafia in sé e per sé considerata e raffigurata in associazione criminosa.

Il questore Lucchese, il generale Mirri ex ministro della Guerra, il senatore Codronchi in Sicilia si servirono dei mezzi mafiosi piú disonesti e delle persone notoriamente appartenenti alla mafia per far prevalere i candidati governativi; essi che tra i testimoni sono comparsi eroi nel processo di Milano per la franchezza e pel coraggio con cui accusarono il Palizzolo con lui, pur sapendolo o credendolo mandante di due assassini serbarono rapporti piú o meno intimi e stabilirono solidarietà elettorale piú o meno sfacciata. Al Palizzolo, che dall'ispettore Di Blasi si seppe essere stato il prediletto del prefetto Bardesono, resero servizi per ragioni elettorali; ai suoi mafiosi, come risulta dal processo, non negarono i favori e permisero che venissero compresi nella lista dei candidati al Consiglio comunale di Palermo. La lotta di un candidato che aveva contro di sé il Governo diveniva cosí talmente difficile, che anche i piú onesti che non volevano combattere colla certezza di soccombere, erano qualche volta costretti a ricorrere alla stessa mafia per controbilanciarne la partita. La mafia in queste condizioni guadagnava in simpatie popolari, come sotto il governo Borbonico, perché assumeva la parvenza di levarsi a difesa del debole e dell'oppresso.

In forza di tutto ciò in Sicilia ne siamo a questo: i piú onesti, i piú corretti cittadini invocano la protezione, l'intervento del deputato in tutti i loro affari, perché sinceramente convinti che i loro avversarii – se ce ne sono – metteranno in mezzo persone influenti ai loro danni.

Non si crede alla sincerità dei concorsi pei pubblici affari; non si crede sopratutto alla imparzialità ed onestà dei giudici nelle loro sentenze: ma tutto si subordina e si spiega con la influenza del deputato. Sicché, generalmente – e sfido tutti i miei colleghi a smentirmi – il valore del deputato non viene dato dalla sua intelligenza, dalla sua rettitudine, dal suo patriottismo; oh no! ma dalla influenza – la parola sostituita all'altra piú rude, mafia – esercitata. Guai al deputato, che nega l'influenza o non sa bene esercitarla e non sa metterla in vista e farla debitamente apprezzare! Sarà perduto o per lo meno sarà diminuito nella stima e nella fiducia dei suoi migliori amici. Nella migliore delle ipotesi sarà deriso e compianto come persona non pratica che non conosce i tempi che per i suoi scrupoli ridicoli abbandona e sacrifica i suoi fedeli sostenitori. Bisogna vedere con quale sorriso di commiserazione e di incredulità si è accolti quanto si consiglia un cittadino ad aver fiducia nell'autorità, nei magistrati, nella legge...

Tutto questo ingranaggio per giudicarlo in tutta la sua interezza bisogna vederlo in funzione nelle elezioni politiche e amministrative, che si danno la mano e si completano a vicenda; dapoiché il sindaco e i consiglieri comunali e provinciali appoggiano il deputato e questi restituisce l'appoggio in cento modi quasi tutti disonesti.

I governativi si preparano da lunga mano con cura e con sapienza sorprendenti: essi – cavalieri, baroni, commendatori veri o immaginari – s'impiantano nelle prefetture e nelle sottoprefetture per agire nel conto proprio o in quello dei loro mandanti. E di là, benché talora siano notissime antiche ed intime le relazioni con briganti autentici, prestano tutti i servizi possibili al governo e dispensano favori ed esercitano vendette di ogni genere in ogni istante della vita.

Questi governativi di un eclettismo fenomenale, del pari entusiasti per Nicotera, o per Giolitti, o per Crispi, o per Rudinì, o per Pelloux... che sarebbero parimenti entusiasti pel cardinale Rampolla o pel principe di Kroptkin – sorvegliano e dirigono i comuni, aiutano e puniscono i privati a seconda che sono servi obbedienti o ribelli ostinati. Spadroneggiano nelle Commissioni di ricchezza mobile, nei Consigli provinciali scolastici, in tutte le commissioni per dare impieghi, sussidi o favori, per sorvegliare affinché i benefizi anche minimi – dalla concessione del permesso di portare le armi, alla concessione di un botteghino del lotto, alla rivendita di sali e tabacchi, al grado di guardia campestre privata – non cadano sui nemici del deputato o candidato governativo: nemici, che ora si chiamano sovversivi, anche quando sono notoriamente conservatori!

Alla preparazione succede l'azione epica nel periodo elettorale. Allora l'illegalità, la violenza, l'ingiustizia assurgono a proporzioni mostruose.

Se si dovesse riportare qui tutto ciò che è stato esposto nelle varie discussioni parlamentari all'indomani di ogni elezione generale ci vorrebbero parecchi volumi; e quanto è stato fatto da prefetti, magistrati, carabinieri, polizia a danno della sincerità elettorale, della legge e della giustizia venne giudiziariamente documentato nelle inchieste sulle singole elezioni contestate. Rimarrà celebre a questo proposito il discorso di Cavallotti sulle elezioni del 1866. Nei rapporti colla mafia e colla camorra il fenomeno elettorale venne lumeggiato in questa recente occasione del processo Notabartolo dalle parole e dalle gravi rivelazioni dell'on. De Felice, dell'on. principe di Scalea e dell'on. De Martino: un socialista e due conservatori. Accenno rapidamente ad alcuni episodi meno noti e caratteristici.

Alla vigilia delle elezioni del 1890, in una notte all'improvviso, senza alcuna formalità legale furono arrestate circa MILLE persone in Palermo e dintorni. Erano accusati di essere malviventi, mafiosi. Forse lo erano e si avrebbe potuto approvare l'operazione, benché illegale; però, gli arrestati alla spicciolata senza sorpresa di alcuno venivano rimessi quasi tutti in libertà con sapiente selezione. Si mettevano in libertà quando davano affidamento di lavorare per i candidati governativi... Ecco a che cosa serviva all'autorità politica la conoscenza della mafia! Nelle elezioni generali del 1890 in una sezione del I collegio di Palermo nello scrutinio era stato letto spesso il nome di un candidato contrario al governo. Allora un ispettore di Pubblica sicurezza andò a parlare all'orecchio del presidente del seggio per fargli sapere che se si continuava di quel passo sarebbe stato mandato a domicilio coatto. Il candidato antiministeriale non ebbe altri voti. In quel tempo era questore di Palermo il commendatore Lucchesi, di cui lessi una lettera nella Camera dei Deputati nel 1891, colla quale declinava ogni responsabilità per gli abusi fatti dalla polizia contro il candidato prof. Mario Puglia, perché le operazioni elettorali erano dirette da un ispettore di P. S. mandato appositamente da Roma dal ministro dell'Interno. Nel 1893 avviene una elezione parziale in Serradifalco; il candidato governativo era in minoranza; interviene la mafia, provoca un tumulto voluto e desiderato dalle autorità governative, avviene un piccolo massacro e il candidato governativo trionfa! La distribuzione dei permessi pel porto delle armi avviene coi criteri piú sfacciatamente disonesti; cosí nel 1895 a Marsala il permesso viene negato ad un assessore comunale, di cui un'autorità di Trapani a me stesso scriveva riconoscendone l'alta moralità; in un altro collegio si accorda ad un mafioso con quattro condanne, che promette lavorare contro il candidato sovversivo.

Casi simili piú o meno mostruosi si contano a migliaia: sempre in Sicilia ai mafiosi piú noti si accordano le armi e la protezione pur di lavorare in favore dei governativi: e i mafiosi quanto piú noti come tali, tanto piú riuscivano devoti al governo, che aveva modo di punirli della loro infedeltà o della loro tiepidezza mandandoli all'inferno, cioè al domicilio coatto.

Metodi bestialmente mafiosi, è bene ripeterlo, adoperarono nelle elezioni del 1890, 1895 e 1897 il questore Lucchesi, il generale Mirri, il senatore Codronchi, che sono andati nel processo di Milano a fare le piú gravi deposizioni contro... la mafia!

Del generale Mirri sono rimaste celebri le lettere al caro Venturini – allora Procuratore generale in Palermo – nelle quali additava me come un individuo che adoperava le male arti... perché difendevo la causa della giustizia di elettori iniquamente e illegalmente cancellati; e chiedeva che venisse messo in libertà... provvisoria un individuo mandato innanzi alle Assise sotto l'accusa di omicidio, di furto e di associazione a delinquere perché tale liberazione era necessaria per la riuscita di un candidato caro a Crispi. Eppure il generale Mirri che in seguito alla pubblicazione dell'epistolario Venturini fu costretto a dimettersi da ministro, non è stato il peggiore governante mandato in Sicilia!

È generale l'opinione – e vorrei crederla infondata – che Candino, il brigante indisturbato che esige una speciale sovrimposta fondiaria per conto suo, sia stata la principale forza elettorale governativa in qualche collegio della provincia di Palermo. Ciò che narrò De Felice sul mafioso Petrilli che con trentadue processi era al servizio della polizia, autorizzerebbe a crederlo.

E tutto questo è ancora poco di fronte a ciò che si fa dal governo coi municipi.

I Consigli comunali vengono sciolti alla vigilia delle elezioni politiche; si nominano Regi Commissari le persone che assumono l'impegno di sostenere il candidato governativo. In provincia di Palermo lo stesso Regio Commissario, secondo l'interesse governativo del momento, è stato in un medesimo paese una volta per sostenere il bianco, un'altra per sostenere il nero; in provincia di Catania alcuni municipi sono destinati ad essere sciolti sempre alla vigilia o all'indomani delle elezioni chiunque riesca vincitore nella lotta, perché i combattenti sono tutti governativi, sempre governativi. Non si capisce nemmeno che possa presentarsi un candidato di opposizione al governo del tempo.

Gli scioglimenti dei Consigli comunali avvengono per futili pretesti che si vanno a cercare colla lanterna di Diogene nelle amministrazioni, che non sono, del resto, un modello di correttezza. Altri municipi che sono fuori la legge e la cui amministrazione nasconde molte brutture e qualche reato, non vengono mai molestati; questi municipi si assicurano l'impunità rimanendo sempre ciecamente ubbidienti al prefetto spiegando la loro opera sempre in favore del candidato governativo.

Cosí ce n'è uno che da circa venticinque anni è in mano di una famiglia feudale che la pubblica finanza fa anche servire al mantenimento dei propri bastardi e che ha trasformata l'amministrazione comunale in una lurida camorra e che rimane indisturbato solo perché eseguisce scrupolosamente gli ordini elettorali del prefetto. Ad un sindaco in altra recente elezione il prefetto minacciò lo scioglimento del consiglio e relativi processi verbali se non smetteva di combattere il candidato governativo. E fu immediatamente ubbidito.

Questa scandalosa, mafiosa ingerenza del governo nelle amministrazioni comunali fu denunziata piú volte alla Camera.

Un deputato ministeriale, relatore del bilancio dell'interno, l'on. ex ministro Chimirri tentò negarla ed attenuarla; ma la parola sdegnosa dell'ex ministro Branca lo ridusse al silenzio e dichiarò solennemente avere tutta l'esplicita confessione di un prefetto su tale tirannia esercitata a scopo elettorale sui municipi.

Tante ribalderie e tale sistema di prepotenze o d'impunità e di complicità, crearono e mantengono l'ambiente della mafia e della camorra. Le gesta della polizia, dei reali carabinieri, della magistratura al di fuori del campo elettorale completano e aggravano l'opera nefasta di demolizione di ogni criterio morale.

I magistrati sono asserviti in modo degradante ai carabinieri ed alla polizia: la constatazione venne fatta piú volte in Parlamento; l'asservimento venne denunziato da un magistrato in un articolo fierissimo pubblicato da una rivista giuridica. (La Cassazione Unica, n. del 26 novembre 1897).

La magistratura è corrotta nei rapporti privati ed è servile sino all'abiezione verso il governo e verso chi lo rappresenta – sia esso un prefetto o un semplice birro – «Ora da che cosa dipende, si domandava Depretis l'11 giugno 1875, in Inghilterra il rispetto alla legge ed alla libertà individuale? Solo dalla magistratura!».

I carabinieri prima erano circondati di rispetto e di stima; ma messisi al servizio della politica elettorale in modo sfacciato e violento hanno perduto la fiducia della popolazione; che li considera come temuti nemici. Essi della mafia hanno adottato i metodi e per combattere gli effetti della mafia bastonano a sangue e torturano con ordigni del Santo Ufficio i detenuti che capitano nelle loro mani. Il Tribunale di Cassino ha condannato in dicembre scorso un maresciallo per aver cagionata la morte di un detenuto in seguito alla tortura inflittagli. I cittadini bastonati tacciono per timore di peggiori vendette, che compiono spesso con false denunzie di oltraggi alla forza pubblica.

Il processo Notabartolo ha insegnato quali arnesi ci siano nella polizia ordinaria e dai discorsi dell'on. Tajani sappiamo quali sono le tradizioni della medesima. Non è migliorata affatto dai tempi della prefettura del generale Medici. Essa è una vera cloaca. Ad essa nel continente sono imputabili l'assassinio Frezzi, l'assassinio Forno, la tortura crudele di Acciarito e cento altri nefandi reati. La violenza è stata la sua arma prediletta; ed a fine di bene, ma certamente con risultati disastrosi, l'adoperò il ministro Nicotera che si vantò in Parlamento di essersi servito dei poteri eccezionali in Sicilia sorpassando sugli scrupoli della Destra, che li domandò per legge (Discorso nella Camera dei Deputati del 29 novembre 1876). Il suo esempio venne continuato; e questa polizia, che in Palermo risultò complice del grande furto del Monte di Pietà e in altri scandalosi processi relativi alla vita dei lupanari, non seppe trovare altro mezzo per combattere la mafia se non quello di ricorrere ai mezzi mafiosi. Cosí pochi anni or sono una pattuglia di carabinieri ordinata e comandata da un delegato di Pubblica sicurezza assassinò un cittadino in provincia di Girgenti credendo di sbarazzarsi del temuto brigante Varsalona. La magistratura compiacente non trovò alcun colpevole dell'assassinio con grave scandalo del Proc. generale comm. Cosenza. I fatti analoghi ed altrettanto gravi sono numerosissimi;

ma chiuderò questa dolorosa storia con questo episodio. Nel circondario di Termini alcuni anni or sono c'era un brigante sul quale stava una taglia di alcune migliaia di lire.

Il brigante per ragioni private venne ucciso da un suo amico. Che pensa di fare un delegato pieno d'ingegno? All'uccisore procura il passaporto per l'estero ed egli va a riammazzare il brigante... morto da due giorni ed intasca le migliaia di lire della taglia. Ancora: il giornale L'Isola di Palermo, da me diretto, avendo denunziato il fatto, venni sentito come testimone nel processo iniziatosi per querela imposta dal ministro dell'Interno del tempo (Di Rudini).

Il bravo giudice istruttore terminata la deposizione in tono di rimprovero amichevole mi disse: Guardi, onorevole, Ella ha torto di scaldarsi del fatto; ciò che importava alla società era l'uccisione del brigante. E la si ottenne. Che male c'è se l'ammontare della taglia se l'ha presa il delegato? Già: dovevamo rallegrarci della scomparsa di un brigante che veniva sostituito, complice la polizia e la magistratura; da altri due: l'uccisore impunito e il delegato complice!

Ciò che contribuisce spaventevolmente a peggiorare il personale di Pubblica sicurezza – e non soltanto in Sicilia – ed a falsarne il compito è l'applicazione di quel falso principio di autorità, che fa ricorrere a tutti i mezzi illeciti per assicurare l'impunità a coloro che hanno violato le leggi e che hanno commesso dei gravi reati.

E qui pongo termine alla narrazione dei fatti; che sono accuse inesorabili contro il sistema di governo, che da quarant'anni, sotto i Sabaudi fa strazio della Sicilia. Dal generale Govone al generale Medici; da questi a Nicotera; e da Nicotera al generale Morra di Lavriano, al generale Mirri; al questore Lucchesi, al senatore Codronchi – dal mancato processo per l'assassinio del generale Corrao al processo Notabartolo – rimane dimostrato che nei momenti migliori – e raramente prevalsero al governo anche le buone intenzioni! – si cercò combattere la mafia nata dal bisogno di giustizia, coi metodi mafiosi e coll'iniquità.

Si può debellare la mafia coi metodi mafiosi? Si può combatterla servendosi dei mafiosi nei momenti elettorali? Si può restituire nei cittadini colla iniquità sistematica, colla illegalità fatta regola, la fede nella giustizia e nella legge? No, mille volte no; perciò la mafia del governo ha rigenerato la mafia dei cittadini!

Sin dal 1875 Romualdo Bonfadini onestamente constatava – era un moderato che giudicava gli uomini del partito, cui egli stesso apparteneva – che il governo italiano nulla ha fatto per distruggere la mafia ufficiale, che esisteva sotto i Borboni. Se egli tornasse in vita e scrivesse oggi confesserebbe che il governo italiano tutto ha fatto per consolidarla e renderla onnipotente!

VIII

Ma non deve spuntare un raggio di luce, che ci faccia sperare, alla vigilia del secolo ventesimo, che sia vicino a cessare il regno della mafia, che costituisce un'onta pel governo italiano e per la Sicilia?

Noi dobbiamo sperare e la speranza dobbiamo rendere attuosa con la profonda convinzione che i rimedi di sicura azione esistono e che la grave malattia di cui soffrono la Sicilia e il Mezzogiorno d'Italia non sono il prodotto fatale e ineliminabile del clima o della razza; invocare la razza, come fanno coloro che Achille Loria ha flagellato come poltroni intellettuali, quando la dimostrazione della origine sociale del fenomeno è luminosamente fatta, piú che un errore è una colpa.

Ciò che avvenne a Messina è di una eloquenza grandissima e serve da un lato a condannare la cecità dei governi e dall'altro a sperare, ad avere fiducia piena, nella guarigione di questa lebbra morale rappresentata dalla mafia.

Alcuni che non conoscono la storia recente – e pur troppo tra questi non mancano i rappresentanti della stessa Sicilia – vedendo che la mafia non spadroneggia nella provincia di Messina, quasi spiegano il fenomeno colle fantastiche differenze di razza tra la parte orientale e settentrionale e quella meridionale ed occidentale dell'isola. La verità è diversa. Nella provincia di Messina ci sono già condizioni economiche, demografiche e commerciali che potrebbero spiegare il fenomeno: ma c'è stato dell'altro.

Tra il 1860 e il 1870 la città e una parte della provincia di Messina erano perturbate dalle associazioni dei malfattori. In città l'associazione dei cosidetti sparatori; nei villaggi vicini la banda Cucinotta. La mafia in città, il brigantaggio alle porte. Per alcuni anni le due associazioni vissero e prosperarono all'ombra della protezione di talune autorità, della negligenza di tutti i prefetti, questori, magistrati e ufficiali di polizia.

Un questore ebbe la geniale idea – che già sappiamo pullulata e fecondata nel cervello del generale Medici e di altri suoi predecessori e successori – di distruggere la mala vita aiutando taluni malfattori contro altri. Le conseguenze del sistema insipiente e immorale furono a Messina quale erano state a Palermo: la mafia protetta finì per spadroneggiare e furono inquinati gli uffici tutti: questura, corpo dei militi a cavallo (excompagni d'armi), prefettura e magistratura.

Si uccideva nelle vie piú frequentate della città – e la Pubblica sicurezza nulla sapeva mai; non indagava; non arrestava. Una volta un assassino per non farsi riconoscere o per essere piú svelto nel fuggire dopo aver commesso il delitto gettò un paletot, in cui c'era una lettera che dava alla giustizia il nome del colpevole. Il paletot fu repertato; ma durante l'istruzione scomparve. Quale meraviglia se ad Altavilla scomparvero le calze insanguinate repertate all'indomani dell'assassinio Notabartolo?

Alla Corte di Assise in qualche causa grave il Procuratore generale ricusava i giurati piú intelligenti, onesti, animosi e invece lasciava i giurati corrotti o affiliati alla mafia. Il brigantaggio fioriva nel villaggio Camaro, in Mili; i briganti trescavano colla forza pubblica e si narra di cene luculliane, nelle quali briganti ed agenti della forza banchettarono fraternamente. Cosí solo si può spiegare che una banda di briganti per piú anni potè scorazzare in campagne a cultura intensiva, ricche di case e assai popolate e vicine ad una grande città; e si spiega del pari il caso del contadino narrato in una nota precedente. Ma questo stato patologico sparí quando mandò in Messina funzionari zelanti e capaci. Fra tutti si distinse il Proc. gen. Carlo Morena, un magistrato piemontese, al quale Messina deve se la mala pianta della mafia fu svelta e distrutta.

Il Procuratore generale Morena fu un carattere energico che aveva la coscienza del proprio dovere. Egli si propose di distruggere le associazioni a delinquere; e vi riuscì. Ed il suo metodo fu semplicissimo: colpì inesorabilmente tutti i funzionari, che non facevano il loro dovere! Taluni vecchi ruderi della magistratura fece collocare a riposo, altri fece trasferire in altre regioni e qualcuno fu anche dispensato dall'ufficio. Lo stesso risanamento morale portò nelle cancellerie e seppe pure imporsi alla polizia. I processi furono fatti sul serio; le repressioni s'iniziarono pronte e riuscirono severe; nell'aula della Corte di Assise, in cui la mafia ora fischiava ed ora applaudiva, s'impose l'ordine; la giudicatura d'istruzione funzionò normalmente. I risultati furono splendidi: nelle campagne vicine di Messina la banda Cucinotta fu accoppata; in città fu schiacciata la mafia. D'allora in poi in tutta la provincia la delinquenza deminuì sensibilmente.

Non è evidente che se il governo centrale – ed allora vi era a capo l'onesto Lanza – avesse lasciato fare a Tajani nel distretto della Corte di Appello di Palermo ciò che fece Morena a Messina, la mafia in quelle regioni oramai non sarebbe piú che un triste e doloroso ricordo?

È vano il volere negare la verità, che dovrebbe imporsi e ai meridionali e ai settentrionali; e la verità è questa:

I settentrionali assai piú progrediti economicamente, intellettualmente e moralmente molto avrebbero potuto fare per la rigenerazione della Sicilia e del Mezzogiorno. Dato il concetto unitario essi avrebbero avuto il dovere di farlo, se avessero voluto mostrarsi davvero fratelli superiori e se avessero avuto la chiara percezione delle conseguenze che si sarebbero svolte anche a loro danno – lasciando lungamente immutata in una grande regione dello Stato, una condizione di cose profondamente morbosa. Ma son venuti meno a questo compito nobilissimo, come ho affermato già in altro scritto. I privati del Settentrione in quelle regioni hanno trovato soltanto una terra coloniale da sfruttare economicamente e da imporvi funzionari. I governanti vi hanno visto elettori da corrompere e addomesticare, né piú né meno come i vincitori del Nord guidarono dopo la Guerra di Secessione i negri liberati dalla schiavitù nel Sud degli Stati Uniti! Ma Siciliani e Meridionali abbandonati a loro stessi avrebbero trovato i rimedi opportuni.

Che la Sicilia lasciata a sé stessa avrebbe saputo provvedere e bene ai casi propri lo scrisse in una forma scultoria nel 1875 un uomo d'ordine tra i piú eminenti. «La Sicilia lasciata a sé, diceva Sidney Sonnino, troverebbe il rimedio.

«Stanno a dimostrarlo molti fatti particolari e ce ne assicurano l'intelligenza e l'energia della sua popolazione, e l'immensa ricchezza delle sue risorse. Una trasformazione sociale accadrebbe necessariamente, sia col prudente concorso della classe agiata, sia per effetto di una violenta rivoluzione. MA NOI ITALIANI DELLE ALTRE PROVINCIE IMPEDIAMO CHE TUTTO CIÒ AVVENGA; ABBIAMO LEGALIZZATO L'OPPRESSIONE ESISTENTE; ED ASSICURIAMO L'IMPUNITA' ALL'OPPRESSIONE.

«Nelle società moderne ogni tirannia della legalità è contenuta dal timore di una reazione all'infuori delle vie legali. Or bene, in Sicilia, colle nostre istituzioni modellate spesso sopra un formalismo liberale anziché informate ad un vero spirito di libertà, noi abbiamo fornito un mezzo alla classe opprimente per meglio rivestire di forme legali l'oppressione di fatto che già prima esisteva, coll'accaparrarsi tutti i poteri mediante l'uso e l'abuso della forza che tutta era ed è in mano sua; ed ora le prestiamo mano forte per assicurarla; ché a QUALUNQUE ECCESSO SPINGA LA SUA OPPRESSIONE, noi non permetteremo alcuna specie di reazione illegale, mentre di reazione legale non ve ne può esser poiché la legalità l'ha in mano la classe che domina».

Qui il problema è posto in termini talmente precisi, taglienti che sbalordisce e addolora il pensare che lo scrittore divenuto ministro nel 1894 non si sia per un solo istante ricordato delle proprie parole. Venti anni di vita parlamentare furono per lui, più efficaci dell'azione dell'acqua del fiume Lete!

I Siciliani, infatti, dell'unità di Italia sperimentarono questo benefizio incontrastabile: ogni volta che tentarono scuotere l'oppressione legale denunziata dall'on. Sonnino sentirono che contro di loro e sopra di loro pesava tutta la forza di un grande Stato, che poteva schiacciarli sempre e mantenerli sotto qualunque giogo legale e illegale!

L'on. Sonnino ci ha detto che là una opposizione legale non era possibile perché la legalità l'ha in mano la classe, che domina; ha soggiunto che l'oppressione poteva e doveva spingere ad eccessi. Gli eccessi illegali si ebbero a Bronte ed a Nissoria del 1860 col massacro dei cosidetti galantuomini; ma il garibaldino generale Bixio fece apprendere loro colla ferocissima repressione, che uno Stato potente poteva e sapeva mantenerli sotto il giogo. I Siciliani protestarono contro le cattive amministrazioni comunali; e Depretis col massacro di Calatabiano fece intendere loro, che il Regno d'Italia non voleva disturbati i delapidatori e i ladri del denaro spillato ai poveri. I Siciliani mostrarono di nuovo e piú energicamente ch'era divenuta intollerabile la loro condizione e i massacri continuati del 1893 e 1894, colla loro sanguinosa appendice di Siculiana, Modica e Troina insegnarono, che ogni speranza in loro doveva essere spenta di una risurrezione propugnata con mezzi legali o illegali. Italia tutta unita era forte abbastanza per mantenere l'oppressione. È caratteristico ad illustrazione dei benefizi politici economici e morali dell'unità per le classi derelitte questo tratto: sappiamo dal Sighele Procuratore generale presso la corte di Appello di Palermo che era opera altamente meritoria cercare in tutti i modi di mettere le classi agricole in condizione di resistere alle prepotenze dei padroni. Il voto dell'alto magistrato era conforme a quello dell'on. Sonnino. Ebbene: precisamente mentre era ministro del Tesoro lo stesso on. Sonnino si vuol sapere come si provvide a mettere gli oppressi in condizione di resistere alle prepotenze dei padroni? Sciogliendo i Fasci, sciogliendo tutte le società cooperative, massacrando i lavoratori, mandandoli a migliaia nelle patrie galere, arrestando quel movimento, che in mezzo a non pochi e spiegabilissimi errori, era riuscito ad organizzare una specie di società di resistenza, che aveva già ottenuto coi mezzi legali, la riforma dei contratti agrari coi cosidetti patti di Corleone, l'abolizione delle piú odiose angherie, il rialzo dei salari, un trattamento umano!

Quale altra speranza rimaneva ai lavoratori, a coloro sui quali pesava l'oppressione legale ed illegale, una volta sperimentata sanguinosamente l'onnipotenza dell'Italia unita? Una sola: la mafia!

Il governo sotto il dominio dei Sabaudi con tutti i suoi atti ha voluto provare ad esuberanza ch'esso voleva mantenere lo spirito che crea la mafia. La quale, a parte la opportunità della riforma agraria che in Sicilia e nel Mezzogiorno s'impose piú che altrove, a parte tutta la serie delle riforme economiche – raccomandate invano ai Borboni da Filangieri colle costruzioni delle strade – della diffusione della istruzione, ecc. che sono bisogni avvertiti da tempo e che dovranno agire lentamente, ma sicuramente, può essere facilmente annientata nelle sue cause dirette ed immediate. In Sicilia non occorrono affatto provvedimenti eccezionali: molto tempo fa il senatore Peranni riconosceva che le sue condizioni anormali erano il prodotto di 50 anni di misure eccezionali. E si sa che per ottant'anni le leggi eccezionali non valsero a pacificare l'Irlanda! I mezzi per raggiungere questi intenti sono di una semplicità meravigliosa, sono notissime e sono stati formulati non dai repubblicani, non dai socialisti, non dai nemici dell'unità d'Italia, ma da un funzionario di Pubblica sicurezza, che ho piú volte citato, devotissimo alle istituzioni, dell'Alongi. Eccoli:

1) Amministrazione equa, pratica, morale e severamente controllata dal governo centrale;

2) Polizia e giustizia forti, pronte accessibili a tutti, autonome e responsabili; tali da imporre il convincimento che al disopra di tutto e di tutti, unica forte, unica arbitra è la legge.

Questa cura, lo ripeto, è di un semplicità meravigliosa; non propone amputazioni o iniezioni endovenose; non provvedimenti eccezionali: propone ciò che non dovrebbe mancare in uno stato moderno; consiglia ciò che posseggono gli Stati civili contemporanei: una polizia composta di persone oneste e che sia rispettata, perché rispettabile e che dia la caccia ai delinquenti e non serva ai laidi interessi elettorali del governo; e la giustizia severa, forte, imparziale, l'impero della legge!

È la giustizia, che sopratutto occorre. Piú di trenta anni fa Enrico Amori il sommo giurista, il grande patriota, esortava. la giustizia si amministri e faccia davvero. Il popolo ha veramente sete di giustizia.

E il popolo la chiede ancora invano; e il governo permette che la si metta all'asta o che venga somministrata non da giudici ma da staffieri, agli ordini, talora, di qualche azzeccagarbugli riuscito ad afferrare, comunque, la medaglia di deputato!

Contro questa cura disgraziatamente esiste un ostacolo, che a molti sembra insormontabile. Per combattere e distruggere il regno della mafia è necessario, è indispensabile che il governo italiano cessi di essere il Re della mafia! Ma esso ha preso troppo gusto ad esercitare quella sua disonesta e illecita potestà; è troppo esercitato ed indurito nel male. Siamo pervenuti al punto in cui non si può sperare nella cessazione della funzione, che colla distruzione dell'organo?...

Il Regno della mafia in Sicilia non cesserà se non il giorno in cui con una vera instauratio ab imis i Siciliani acquisteranno la libertà vera, il diritto e i mezzi di punire i prepotenti, di mettere alla gogna i ladri e di assicurare a tutti la giustizia giusta!

FINE